# O Voto de Lenobia

P.C. Cast & Kristin Cast

# O Voto de
# Lenobia

São Paulo 2014

Título Original: *Lenobia's Vow*
Copyright © 2012 by P. C. Cast and Kristin Cast.
Illustrations copyright © 2012 by Kim Doner.
Copyright © 2014 by Novo Século Editora Ltda.
*All rights reserved.*

| | |
|---:|:---|
| COORDENAÇÃO EDITORIAL | Mateus Duque Erthal |
| TRADUÇÃO | Alessandra Kormann |
| PREPARAÇÃO | Equipe Novo Século |
| DIAGRAMAÇÃO | Oika Serviços Editoriais |
| REVISÃO | Fernanda Guerriero Antunes |
| CAPA | Marina Avila |

*Texto de acordo com as normas do Novo Acordo Ortográfico da Língua Portuguesa (Decreto Legislativo nº 54, de 1995)*

Dados Internacionais de Catalogação na Publicação (CIP)
(Câmara Brasileira do Livro, SP, Brasil)

Cast, P. C.
   O voto de Lenobia / P. C. Cast & Kristin Cast ; tradução Alessandra Kormann. -- Osasco, SP : Novo Século Editora, 2014.

   Título original: Lenobia's vow.

   1. Ficção norte-americana I. Cast, Kristin. II. Título.

14-00217                                                    CDD-813

Índices para catálogo sistemático:

1. Ficção : Literatura norte-americana    813

2014
Impresso no Brasil
*Printed in Brazil*
Direitos cedidos para esta edição à Novo Século Editora
Alameda Araguaia, 2.190 – Conj 1111
CEP: 06455-000 – Barueri – SP
Tel. (11) 2321-5080
www.novoseculo.com.br
atendimento@novoseculo.com.br

*Para a minha cunhada,
Danielle Cast, também conhecida como
a minha especialista em francês.*

Obrigada, Kim Doner, por sua arte incrível e pela sua amizade. Abs. e bjs.

Um obrigada bem grande para a minha cunhada por me salvar do meu patético francês. Quaisquer erros que apareçam neste texto são meus e apenas meus (desculpem-me, meus leitores franceses!).

Christine, eu adoro você completamente.

Como sempre, quero agradecer à minha família da editora St. Martin por ser uma Equipe dos Sonhos, e à minha amiga e agente Meredith Bernstein, sem a qual a série *House of Night* não existiria.

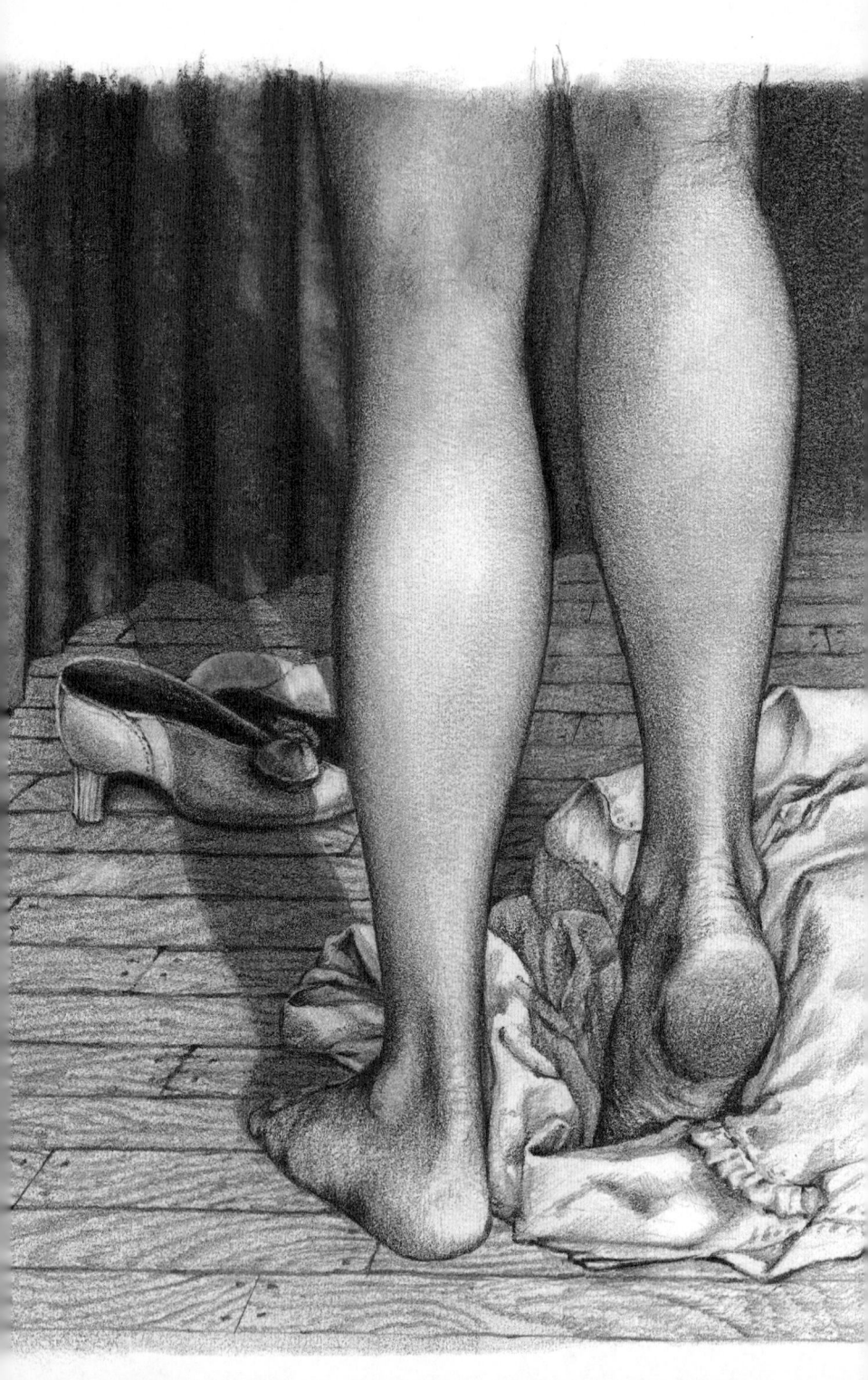

# Capítulo um

*Fevereiro de 1788, França*

— *Elle est morte!*

O mundo de Lenobia explodiu ao som de um grito e apenas três palavras.

— Ela está morta? — Jeanne, a assistente de cozinha que trabalhava ao lado dela, parou de sovar a massa fofa e cheirosa de pão.

— *Oui*[1], que Nossa Senhora tenha piedade da alma de Cecile.

Lenobia levantou os olhos e viu a sua mãe parada na porta de entrada arqueada da cozinha. O seu belo rosto tinha uma palidez incomum e ela estava segurando o velho rosário que sempre ficava em volta do seu pescoço.

Lenobia balançou a cabeça incrédula.

— Mas há apenas alguns dias ela estava rindo e cantando. Eu a escutei. Eu a vi!

---

1 Sim, em francês. (N.T.)

– Ela era bonita, mas nunca foi forte, pobre garota – Jeanne disse, sacudindo a cabeça com tristeza. – Sempre tão pálida. Metade do *château* pegou a mesma febre, inclusive a minha irmã e o meu irmão. Eles se recuperaram facilmente.

– A morte ataca rápido e terrivelmente – a mãe de Lenobia afirmou. – Senhores ou servos, uma hora ela chega para cada um de nós.

Depois daquele dia, o aroma de fermentação de pão fresco sempre iria fazer Lenobia se lembrar de morte e embrulhar o seu estômago.

Jeanne estremeceu e fez o sinal da cruz com a mão branca de farinha, deixando uma marca em forma de lua crescente no meio de sua testa.

– Que a Nossa Mãe Santíssima nos proteja.

Automaticamente, Lenobia se ajoelhou e se levantou, sem deixar de olhar para o rosto de sua mãe.

– Venha comigo, Lenobia. Eu preciso mais da sua ajuda do que Jeanne.

Lenobia nunca iria esquecer o sentimento de pavor que a engolfou ao ouvir as palavras de sua mãe.

– Mas vão chegar os convidados... pessoas de luto... nós precisamos ter pão – Lenobia gaguejou.

Os olhos cinzentos de sua mãe, tão parecidos com os seus, transformaram-se em nuvens de tempestade.

– Isso não foi um pedido – ela disse, passando a falar inglês em vez de francês.

– Quando a sua *mère*² fala nesse inglês rude, você sabe que ela deve ser obedecida – Jeanne encolheu seus ombros corpulentos e voltou a sovar a massa de pão.

Lenobia limpou as mãos em uma toalha de linho e se forçou a caminhar rapidamente até a sua mãe. Elizabeth Whitehall assentiu para a sua filha e então se virou, gesticulando para que Lenobia a seguisse.

Elas caminharam apressadamente através dos amplos e elegantes corredores do *Château* de Navarre. Havia nobres que tinham mais dinheiro do que o Barão de Bouillon – ele não era um dos confidentes ou cortesãos do Rei Luís, mas vinha de uma família cujas origens remontavam a centenas de anos e tinha uma propriedade no campo que era a inveja de muitos senhores mais ricos, porém não tão bem-nascidos.

Naquele dia, os corredores do *château* estavam quietos e as janelas arqueadas com pinázios, que normalmente deixavam a luz do sol se derramar em profusão sobre o piso de mármore imaculado, já estavam sendo cobertas com pesadas cortinas de veludo negro por uma legião de servas caladas. Lenobia pensou que a própria casa parecia amortecida de tristeza e choque.

Então, Lenobia percebeu que elas estavam se afastando rapidamente da parte central da casa senhorial e indo em direção a uma das saídas dos fundos, que desembocava perto dos estábulos.

– *Maman, où allons-nous?*

---

2 Mãe, em francês. (N.T.)

– Em inglês! Você sabe que eu detesto o som do francês – sua mãe a repreendeu.

Lenobia conteve um suspiro de irritação e falou na língua natal de sua mãe:

– Aonde você está indo?

A sua mãe olhou em volta, segurou a mão de sua filha e então disse, com uma voz baixa e tensa:

– Você precisa confiar em mim e fazer exatamente o que eu disser.

– É-é claro que eu confio em você, mãe – Lenobia respondeu, assustada com a aparência perturbada dos olhos de sua mãe.

A expressão de Elizabeth se suavizou e ela tocou a bochecha de sua filha.

– Você é uma boa garota. Você sempre foi. A sua situação é culpa minha, é um pecado só meu.

Lenobia começou a sacudir a cabeça.

– Não, não foi um pecado seu! O Barão toma quem ele quer como amante. Você era bonita demais para não chamar a atenção dele. Não foi culpa sua.

Elizabeth sorriu, o que trouxe à tona um pouco do seu encanto passado.

– Ah, mas eu não era bonita o bastante para manter a sua atenção, e como eu era apenas a filha de um agricultor inglês, o Barão me deixou de lado, apesar de eu supor que eu deva ser eternamente grata por ele ter encontrado um lugar para mim e para você nos afazeres domésticos de sua casa.

Lenobia sentiu a velha amargura arder dentro dela.

— Ele tirou você da Inglaterra... roubou você da sua família. E eu sou filha dele. Ele deveria encontrar um lugar para mim e para a minha mãe.

— Você é a filha bastarda dele — Elizabeth a corrigiu. — E apenas uma entre muitas, apesar de ser de longe a mais bonita. Inclusive tão bonita quanto a sua filha legítima, a pobre Cecile, que agora está morta.

Lenobia desviou os olhos de sua mãe. Era uma verdade desconfortável o fato de ela e a sua meia-irmã realmente se parecerem muito, o bastante para despertar rumores e sussurros quando as duas garotas começaram a desabrochar em jovens mulheres. Nos últimos dois anos, Lenobia havia aprendido que era melhor evitar a sua irmã e o resto da família do Barão, pois todos pareciam detestar apenas botar os olhos nela. A garota achava mais fácil escapar para os estábulos, um lugar aonde Cecile, a Baronesa e os seus três irmãos raramente iam. Pela sua mente, passou o pensamento de que a sua vida seria muito mais fácil agora que a irmã, que se parecia tanto com ela – mas que não a reconhecia –, estava morta. Ou os olhares sombrios e as palavras ferinas da Baronesa e dos seus garotos iriam ficar ainda piores.

— Eu sinto muito que Cecile morreu — Lenobia falou em voz alta, tentando raciocinar em meio à desordem dos seus pensamentos.

— Eu não desejava nenhum mal para a garota, mas, se ela estava destinada a morrer, fico grata que isso tenha acontecido agora, neste momento – Elizabeth pegou o queixo de sua filha e a forçou a encontrar o seu olhar. – A morte de Cecile vai significar vida para você.

– Vida? Para mim? Mas eu já tenho uma vida.

– Sim, a vida de uma serva bastarda em uma família que despreza o fato de que o seu senhor costuma espalhar a sua semente por aí e depois gosta de ostentar os frutos das suas transgressões, como se isso provasse a sua masculinidade repetidamente. Essa não é a vida que eu desejo para a minha única filha.

– Mas eu não enten...

– Venha e você vai entender – a sua mãe a interrompeu, pegando a sua mão de novo e puxando-a pelo corredor, até que elas chegaram a um pequeno aposento perto de uma das portas dos fundos do *château*. Elizabeth abriu a porta e guiou Lenobia para dentro do quarto mal iluminado. Ela caminhou decididamente até uma grande cesta, como aquelas usadas para carregar a roupa de cama para lavar. De fato, havia um lençol dobrado em cima da cesta. A sua mãe o puxou de lado, deixando à mostra um vestido que refletiu tons de azul, marfim e cinza, mesmo com a luz fraca do ambiente.

Lenobia ficou observando enquanto a sua mãe tirava da cesta o vestido e as caras roupas de baixo, sacudia-os, alisava os seus vincos, esfregava os delicados sapatos de veludo. Ela olhou para a sua filha.

– Você precisa se apressar. Se quisermos ter sucesso, nós temos muito pouco tempo.

– Mãe? Eu...

– Você vai vestir estas roupas e, com elas, também assumirá outra identidade. Hoje você se tornará Cecile Marson de La Tour d'Auvergne, a filha legítima do Barão de Bouillon.

Lenobia se perguntou se a sua mãe tinha ficado completamente louca.

– Mãe, todo mundo sabe que Cecile está morta.

– Não, minha filha. Todo mundo no *Château* de Navarre sabe que ela está morta. Ninguém na carruagem que estará aqui em uma hora para transportar Cecile até o porto de Le Havre, nem no navio que a espera lá, sabe que ela está morta. Nem vão saber, porque Cecile vai entrar na carruagem e pegar o navio em direção ao Novo Mundo, ao novo marido e à nova vida que a aguarda em Nova Orleans, como a filha legítima de um Barão francês.

– Eu não posso!

A sua mãe soltou o vestido e agarrou as duas mãos da filha, apertando-as com tanta força que Lenobia teria se retraído se ela não estivesse tão chocada.

– Você tem que fazer isso! Sabe o que a espera aqui? Você já tem quase dezesseis anos; virou mulher há dois verões. Você se esconde nos estábulos, na cozinha, mas não pode se esconder para sempre. Eu vi o modo como o Marquês olhou para você no mês passado e depois de novo na semana passada – a sua mãe balançou a cabeça, e Lenobia ficou abalada ao perceber que ela estava lutando para segurar as lágrimas enquanto continuava a falar. – Nós duas não falamos sobre isso, mas você deve saber que a verdadeira razão de não termos comparecido à missa de Évreux nas últimas semanas não foi o fato de as minhas obrigações terem me deixado esgotada.

– Eu imaginei... mas não queria saber! – Lenobia mordeu os lábios trêmulos, com medo do que mais ela poderia dizer.

– Você tem que encarar a verdade.

Lenobia respirou fundo, mas, mesmo assim, um arrepio de medo percorreu o seu corpo.

– O Bispo de Évreux... eu quase posso sentir o calor dos seus olhos quando ele me encara.

– Eu já ouvi falar que ele faz muito mais além de encarar jovens garotas – a sua mãe disse. – Há algo de profano com aquele homem... algo mais do que o pecado dos seus desejos físicos. Lenobia, filha, eu não posso protegê-la dele nem de outro homem, porque o Barão não vai protegê-la. Tornar-se outra pessoa e escapar da pena perpétua que significa ser uma bastarda é a sua única saída.

Lenobia agarrou as mãos de sua mãe como se elas fossem um salva-vidas e encarou aqueles olhos que pareciam tanto com os seus. *Minha mãe está certa. Eu sei que ela está certa.*

– Eu tenho que ser corajosa o bastante para fazer isso – Lenobia pensou em voz alta.

– Você é corajosa o bastante para fazer isso. Você tem o sangue dos bravos ingleses pulsando dentro de suas veias. Lembre-se disso, e isso vai fortalecê-la.

– Eu vou me lembrar.

– Então muito bem – a sua mãe prosseguiu resolutamente. – Tire esses trapos de serva e nós vamos vesti-la de outra maneira – ela apertou as mãos de sua filha antes de soltá-las e de se virar para a pilha de tecido reluzente.

Como as mãos de Lenobia estavam muito trêmulas, as mãos de sua mãe assumiram o comando, prontamente a despindo de suas roupas simples, mas familiares. Elizabeth não deixou em Lenobia nem a roupa de baixo rústica feita em casa, e por um momento vertiginoso parecia que estava trocando a sua antiga pele por outra. Ela não parou até que a sua filha estivesse totalmente nua. Então, em um completo silêncio, Elizabeth vestiu Lenobia cuidadosamente, camada sobre camada: roupa de baixo, bolsos, anquinhas, anágua de baixo, anágua de cima, espartilho, corpete e o adorável vestido de seda à *la polonaise*. Apenas depois de ajudá-la a colocar os sapatos, ajeitar nervosamente o seu cabelo e então atirar em seus ombros um manto com capuz forrado de pele foi que ela finalmente deu um passo para trás, fez uma reverência profunda e disse:

– *Bonjour, mademoiselle Cecile, votre carrosse attende*[3].

– *Maman*, não! Esse plano... eu entendo por que você precisa me mandar para longe, mas como consegue suportar isso? – Lenobia colocou a mão em cima da boca, tentando silenciar o choro soluçante que estava se formando.

Elizabeth Whitehall simplesmente se levantou, segurou os ombros de sua filha e disse:

– Eu posso suportar isso por causa do grande amor que tenho por você – devagar, ela fez Lenobia se virar para que

---

3 "Bom dia, senhorita Cecile, a sua carruagem a espera", em francês. (N.T.)

pudesse ver o seu reflexo no grande espelho rachado que estava apoiado no chão atrás delas, esperando para ser substituído. – Veja, minha filha.

Lenobia arfou e estendeu a mão na direção do espelho, chocada demais para fazer qualquer coisa além de encarar o seu próprio reflexo.

– Exceto pelos seus olhos e pela luminosidade do seu cabelo, você é a imagem dela. Saiba disso. Acredite nisso. Torne-se ela.

Lenobia desviou os olhos do espelho e voltou-se para a sua mãe.

– Não! Eu não posso ser ela. Que Deus acolha a sua alma, mas Cecile não era uma boa garota. Mãe, você sabe que ela me amaldiçoava a cada vez que me via, apesar de nós termos o mesmo sangue. Por favor, *maman*, não me obrigue a fazer isso. Não faça com que eu me torne ela.

Elizabeth tocou o rosto de sua filha.

– Minha querida e forte garota. Você nunca poderia se tornar Cecile, e eu nunca pediria isso a você. Apenas assuma o nome dela. Lá dentro, bem aqui – a mão dela deixou o rosto de Lenobia e parou no seu peito, embaixo do qual o seu coração batia nervosamente. – Aqui você sempre vai ser Lenobia Whitehall. Saiba disso. Acredite nisso. E ao fazer isso, vai se tornar mais do que ela.

Lenobia engoliu a secura na sua garganta e a terrível pulsação do seu coração.

– Eu entendi. Acredito em você. Vou assumir o nome dela, mas não vou me tornar ela.

— Ótimo. Então está feito — a sua mãe virou-se para pegar uma pequena mala em forma de caixa atrás da cesta de roupas. — Pegue isto. O resto das malas dela foi enviado ao porto há alguns dias.

— *La cassette de Cecile* — Lenobia a segurou com hesitação.

— Não use esse francês vulgar[4], não soa bem. É uma mala de viagem. Só isso. Significa o começo de uma nova vida, não o fim de uma.

— As joias de Cecile estão aí dentro. Eu escutei Nicole e Anne falando — Lenobia disse. As outras servas haviam fofocado incessantemente sobre como o Barão ignorara Cecile por dezesseis anos, mas, agora que ela seria enviada para longe, ele havia esbanjado em joias e atenção para ela, enquanto a Baronesa chorava por perder a sua única filha. — Por que o Barão concordou em mandar Cecile para o Novo Mundo?

A sua mãe bufou de desprezo.

— A última amante dele, a cantora de ópera, quase o levou à falência. O Rei está pagando generosamente para filhas virtuosas de nobres que queiram se casar com a nobreza de Nova Orleans.

— O Barão vendeu a sua filha?

— Sim. Os excessos dele compraram uma nova vida para você. Agora vamos, para que você possa obtê-la — a sua mãe abriu uma fresta na porta e espiou o corredor. Então ela se

---

4 No original, a personagem afirma que a palavra em francês se parece com *casket*, que em inglês significa caixão, além de porta-joias. (N.T.)

voltou para Lenobia: – Não há ninguém por perto. Coloque o capuz sobre o seu cabelo. Siga-me. Rápido.

– Mas a carruagem vai ser parada pelos cocheiros de libré. Os condutores serão informados sobre Cecile.

– Sim, se a carruagem for autorizada a entrar na propriedade, eles serão informados. É por isso que nós temos que encontrá-la do lado de fora dos portões principais. Você vai embarcar lá.

Não havia tempo para discutir com a sua mãe. Já estava quase na metade da manhã, e normalmente deveria haver servos, comerciantes e visitantes chegando e partindo da propriedade movimentada. Mas naquele dia parecia que havia uma mortalha sobre tudo. Até o sol estava encoberto pela neblina e por nuvens baixas e sombrias que rodopiavam sobre o *château*.

Lenobia tinha certeza de que elas seriam paradas e descobertas, mas, antes do que parecia possível, o enorme portão de ferro surgiu em meio à névoa. A sua mãe abriu a pequena saída para pedestres e elas se apressaram na direção da estrada.

– Você vai dizer para o condutor da carruagem que há uma febre no *château*, então o Barão enviou você para fora para que ninguém fosse contaminado. Lembre-se, você é uma filha da nobreza. Espere ser obedecida.

– Sim, Mãe.

– Ótimo. Sempre pareceu ser mais velha do que a sua idade, e agora eu entendo por quê. Você não pode mais ser uma criança, minha bela e corajosa filha. Precisa se tornar uma mulher.

— Mas, *maman*, eu... — Lenobia começou a falar, porém as palavras de sua mãe a silenciaram.

— Escute-me e saiba que eu estou dizendo a verdade. Eu acredito em você. Eu acredito na sua força, Lenobia. Eu também acredito na sua bondade — a sua mãe fez uma pausa e então pegou devagar o velho rosário que estava em volta de seu pescoço, tirou-o e o passou por sobre a cabeça de sua filha, enfiando-o por baixo do corpete de renda, de modo que ele ficou pressionado contra a pele dela, invisível a qualquer um. — Leve-o. Lembre-se de que eu acredito em você, e saiba que, apesar de nós termos que nos separar, sempre vou ser parte de você.

Foi só então que o completo entendimento da situação atingiu Lenobia. Ela nunca mais iria ver a sua mãe.

— Não — a sua voz soou estranha, alta e rápida demais, e ela estava tendo dificuldade para recuperar o fôlego. — *Maman!* Você tem que vir comigo!

Elizabeth Whitehall tomou a filha em seus braços.

— Eu não posso. As *filles du roi*[5] não têm permissão para levar servos. Há pouco espaço no navio — ela abraçou forte Lenobia, falando rapidamente, enquanto ao longe o som de uma carruagem ecoou através da neblina. — Eu sei que

---

5 Filhas do rei, em francês; o termo se refere a jovens mulheres francesas que imigraram para a América do Norte a fim de ajudar a colonizá-la. (N.T.)

tenho sido dura com você, mas isso apenas porque você tinha que crescer forte e corajosa. Eu sempre a amei, Lenobia; é a melhor coisa da minha vida, a mais preciosa. Eu vou pensar em você e sentir a sua falta todos os dias enquanto viver.

– Não, *maman* – Lenobia chorou. – Eu não posso dizer adeus para você. Eu não consigo fazer isso.

– Você vai fazer isso por mim. Vai viver a vida que eu não pude dar a você. Seja corajosa, minha filha linda. Lembre-se de quem você é.

– Como vou me lembrar de quem eu sou se vou ter que fingir que sou outra pessoa? – Lenobia exclamou.

Elizabeth deu um passo para trás e enxugou com delicadeza a umidade das bochechas de sua filha.

– Vai se lembrar aqui – mais uma vez, a sua mãe pressionou a palma da mão contra o peito de Lenobia, em cima do seu coração. – Você deve permanecer fiel a mim e a si mesma aqui. No seu coração, sempre vai saber, sempre vai se lembrar. Assim como no meu coração eu sempre vou saber, sempre vou me lembrar de você.

Então a carruagem irrompeu na estrada ao lado delas, fazendo com que mãe e filha cambaleassem para trás, abrindo caminho.

– Oooa! – o condutor da carruagem fez os cavalos pararem e gritou para Lenobia e sua mãe. – O que vocês estão fazendo aí, mulheres? Querem morrer?

– Você não vai falar nesse tom com *mademoiselle* Cecile Marson de La Tour d'Auvergne! – a sua mãe berrou para o cocheiro.

O olhar dele voltou-se rapidamente para Lenobia, que enxugou as lágrimas em seu rosto com as costas da mão, levantou o queixo e encarou o condutor.

– *Mademoiselle* D'Auvergne? Mas por que a senhorita está aqui fora?

– Há uma enfermidade no *château*. Meu pai, o Barão, manteve-me isolada para que eu não sofresse o contágio e não transmitisse a doença – Lenobia tocou o peito, pressionando o tecido rendado de modo que o rosário de sua mãe roçasse a sua pele, acalmando-a, dando-lhe força. Mas, mesmo assim, ela não conseguiu deixar de estender o braço e apertar a mão de sua mãe em busca de segurança.

– Você está louco, homem? Não vê que a *mademoiselle* já o esperou aqui por tempo demais? Ajude-a a entrar na carruagem e a sair desta umidade horrível antes que ela realmente caia doente – a sua mãe falou rispidamente para o servo.

O cocheiro desceu imediatamente, abrindo a porta da carruagem e oferecendo a sua mão.

Lenobia sentiu como se todo o ar tivesse sido expulso para fora do seu corpo. Ela olhou desesperada para a mãe.

Lágrimas estavam escorrendo pelo rosto de sua mãe, mas ela simplesmente fez uma reverência profunda e disse:

– *Bon voyage* para você, garota.

Lenobia ignorou o cocheiro aparvalhado e fez com que a sua mãe se levantasse, abraçando-a com tanta força que o rosário afundou dolorosamente na sua pele.

– Diga à minha mãe que eu a amo e que eu vou me lembrar dela e sentir a sua falta todos os dias da minha vida – ela falou com voz trêmula.

— E eu rogo à Nossa Santa Mãe que ela deixe esse pecado ser atribuído a mim. Que o castigo caia sobre a minha cabeça, não sobre a sua — Elizabeth sussurrou contra o rosto de sua filha.

Então ela se soltou do abraço de Lenobia, fez uma reverência novamente e virou-se, caminhando sem hesitação pelo caminho por onde elas tinham vindo.

— *Mademoiselle* D'Auvergne? — o cocheiro chamou Lenobia, e ela olhou para ele. — Posso pegar a sua *cassette*?

— Não — ela respondeu sem jeito, surpresa por a sua voz ainda funcionar. — Vou manter a minha *cassette* comigo.

Ele a olhou de um jeito estranho, mas estendeu a mão para ela. A garota viu a própria mão sendo colocada na dele, e as suas pernas a fizeram subir o degrau e entrar na carruagem. Ele se curvou rapidamente e então voltou para a sua posição de condutor. Quando a carruagem começou a balançar e a se mover para frente, Lenobia virou-se para olhar os portões do *Château* de Navarre e viu a sua mãe desabar no chão, chorando com as mãos sobre a boca para conter o seu pranto sofrido.

Com a mão contra o vidro caro da janela da carruagem, Lenobia chorou, observando a sua mãe e o seu mundo desaparecerem na neblina e se transformarem em lembranças.

# Capítulo dois

Rodando a saia e rindo baixo, Laetitia desapareceu por trás de uma parede de mármore esculpida com imagens de santos, deixando em seu rastro apenas o aroma de seu perfume e vestígios de desejo não satisfeito.

Charles praguejou, ajeitando o seu manto de veludo:
— Ah, *ventrebleu*[6]!
— Padre? — o coroinha repetiu, chamando pelo corredor interno que passava atrás da capela principal da catedral. — O senhor me ouviu? É o Arcebispo! Ele está aqui e está procurando pelo senhor.
— Eu já ouvi! — o Padre Charles fuzilou o garoto com os olhos. Quando o sacerdote se aproximou dele, levantou a mão e fez um movimento enxotando-o. Charles reparou que o garoto se retraiu como um potro assustado, o que o fez sorrir.

O sorriso de Charles não era algo agradável de ver, e o garoto retrocedeu rapidamente descendo a escada que levava até a capela principal, abrindo mais espaço entre ambos.

---

[6] Modo comum de exprimir raiva ou surpresa em francês. Para evitar blasfêmia se diz *ventrebleu*, em vez de *ventre de Dieu* (ventre de Deus). (N.T.)

— Onde está De Juigne? — Charles perguntou.

— Não muito longe, logo ali na entrada principal da catedral, Padre.

— Espero que ele não esteja aguardando há muito tempo.

— Não há muito tempo, Padre. Mas o senhor estava, ahn... — o garoto perdeu a fala e o seu rosto se encheu de medo.

— Eu estava concentrado em profunda oração, e você não queria me perturbar — Charles concluiu por ele, encarando o garoto com firmeza.

— S-sim, Padre.

O garoto não conseguia desviar os olhos do Padre. Ele começou a suar e o seu rosto estava ficando com um alarmante tom de rosa. Charles não sabia dizer se o garoto ia chorar ou explodir — qualquer opção iria divertir o Padre.

— Ah, mas nós não temos tempo para diversão — ele refletiu em voz alta, deixando de olhar o garoto e passando rapidamente por ele. — Nós temos um convidado inesperado — apreciando o fato de o garoto ter se encostado tanto na parede que o seu manto sacerdotal mal roçou a pele dele, Charles sentiu o seu humor melhorar. Ele não iria permitir que coisas pequenas o estressassem; simplesmente chamaria Laetitia assim que ele conseguisse se livrar do Arcebispo, e ambos iriam retomar do ponto onde tinham parado, o que iria colocá-la desejosa e inclinada diante dele.

Charles estava pensando nas nádegas nuas e bem-feitas de Laetitia quando cumprimentou o velho sacerdote.

— É um grande prazer revê-lo, Padre Antoine. Sinto-me honrado em recebê-lo na Catedral Notre Dame D'Évreux —

Charles de Beaumont, Bispo de Évreux, mentiu tranquilamente.

— *Merci beaucoup*[7], Padre Charles — o Arcebispo de Paris, Antoine le Clerc de Juigne, beijou-o naturalmente em um lado do rosto e depois no outro.

Charles pensou que os lábios do velho tolo pareciam secos e mortos.

— A que eu e a minha catedral devemos o prazer da sua visita?

— A sua catedral, Padre? Certamente seria mais correto dizer que esta é a casa de Deus.

A raiva de Charles começou a aumentar. Automaticamente, ele começou a tamborilar os seus dedos longos sobre a enorme cruz de rubi que ficava sempre pendurada em uma corrente grossa ao redor do seu pescoço. As chamas das velas votivas acesas aos pés da imagem de São Denis decapitado tremularam convulsivamente.

— Dizer que esta é a minha catedral é simplesmente um termo de apreço, e não de posse — Charles afirmou. — Podemos nos dirigir até o meu escritório para compartilhar vinho e pão?

— Com certeza, a minha viagem foi longa e, apesar de eu dever ser grato por em fevereiro estar caindo chuva, e não neve desse céu cinzento, o tempo úmido é muito extenuante.

— Faça com que uma refeição decente e vinho sejam levados imediatamente ao meu escritório — Charles fez um

---

[7] Muito obrigado, em francês. (N.T.)

gesto impaciente para um dos coroinhas próximos, que deu um salto nervoso antes de sair apressado para cumprir a ordem. Quando o olhar de Charles voltou para o velho sacerdote, ele viu que De Juigne estava observando o coroinha em retirada com uma expressão que foi o seu primeiro alarme de que havia algo errado com essa visita inesperada.

– Venha, Antoine, você realmente parece cansado. O meu escritório é quente e acolhedor. Você vai se sentir mais confortável lá – Charles guiou o velho sacerdote para fora da nave, atravessando a catedral e passando por um agradável e pequeno jardim, até chegar ao seu opulento escritório que ficava ao lado dos seus espaçosos aposentos privados. Durante todo o percurso, o Arcebispo ficou olhando ao redor, silencioso e contemplativo.

Foi só depois que eles finalmente se acomodaram na frente da lareira de mármore de Charles, com uma taça de um excelente vinho tinto em sua mão e uma suntuosa refeição servida diante de si, que De Juigne se dignou a falar.

– O clima do mundo está mudando, Padre Charles.

Charles ergueu as sobrancelhas e pensou se aquele velho era tão tonto quanto parecia. Ela tinha feito toda aquela viagem de Paris até ali para falar sobre o tempo?

– De fato, parece que este inverno está mais quente e mais úmido do que qualquer outro de que eu me lembre – Charles respondeu, desejando que a conversa inútil acabasse logo.

Antoine de Clerc de Juigne aguçou seus olhos azuis, que, havia apenas alguns segundos, pareciam lacrimejantes e desfocados. O seu olhar penetrante atravessou Charles.

– Idiota! Por que eu iria falar sobre o tempo? É o clima do povo que me preocupa.

– Ah, é claro – por um momento, Charles ficou tão surpreso com a rispidez na voz do velho que nem conseguiu sentir raiva. – O povo.

– Fala-se em uma revolução.

– Sempre se fala em revolução – Charles replicou, escolhendo um suculento pedaço de carne de porco para colocar junto ao queijo de cabra suave que ele tinha cortado para pôr em seu pão.

– É mais do que um simples rumor – disse o velho sacerdote.

– Talvez – Charles falou com a boca cheia.

– O mundo à nossa volta está mudando. Um novo século se aproxima, embora eu saiba que vou estar junto à Graça de Deus antes de ele começar e que homens mais jovens, homens como você, vão ficar para liderar a igreja em meio a esse tumulto que está chegando.

Charles desejava fervorosamente que o velho padre já tivesse passado desta para melhor antes de fazer aquela visita, mas ele escondeu seus sentimentos, mastigou e concordou prudentemente, dizendo apenas:

– Vou rezar para que eu seja digno de tamanha responsabilidade.

— Fico satisfeito que você esteja de acordo com a necessidade de assumir a responsabilidade sobre os seus atos — De Juigne afirmou.

Charles franziu os olhos.

— Meus atos? Nós estamos falando do povo e das mudanças que estão ocorrendo.

— Sim, e é por isso que as suas ações chamaram a atenção da Sua Santidade, o Papa.

De repente, a boca de Charles ficou seca e ele precisou tomar um gole de vinho para conseguir engolir. Tentou falar, mas De Juigne continuou, sem dar a palavra a ele.

— Em tempos de revolta, principalmente quando a maré popular pende na direção de crenças burguesas, é cada vez mais importante que a igreja não se afunde na esteira dessas mudanças — o sacerdote fez uma pausa para degustar seu vinho delicadamente.

— Perdoe-me, Padre. Eu não estou conseguindo entendê-lo.

— Ah, eu duvido muito. Você não pode acreditar que o seu comportamento seria ignorado para sempre. Você enfraquece a igreja, e isso não pode ser ignorado.

— O meu comportamento? Enfraquece a igreja? — Charles estava perplexo demais para ficar realmente com raiva. Ele fez um gesto ao redor deles com a sua mão de unhas bem-feitas. — A minha igreja parece enfraquecida para você? Eu sou amado pelos meus paroquianos. Eles demonstram a sua devoção pagando o dízimo generoso que abastece esta mesa.

– Você é temido pelos seus paroquianos. Eles abastecem a sua mesa e os seus cofres, porque têm mais medo do fogo da sua ira do que da queimação dos seus estômagos vazios.

Charles sentiu um vazio no próprio estômago. *Como esse velho bastardo pode saber disso? E se ele sabe, isso significa que o Papa também sabe?* Charles se forçou a permanecer calmo. Ele até conseguiu dar uma risadinha seca.

– Que absurdo! Se é o fogo que eles temem, é aquele provocado pelo peso dos seus próprios pecados e pela possibilidade da eterna danação. Então, doam generosamente a mim para aliviar esses medos, e eu prontamente os absolvo.

O Arcebispo prosseguiu como se Charles não tivesse falado nada.

– Você deveria ter se restringido às prostitutas. Ninguém repara o que acontece com elas. Isabelle Varlot era filha de um Marquês.

Charles continuou a sentir uma agitação no estômago.

– Aquela garota foi vítima de um terrível acidente. Ela passou perto demais de uma tocha. Uma fagulha fez o seu vestido se incendiar. O fogo a consumiu antes que qualquer um pudesse salvá-la.

– O fogo a consumiu depois de ela rejeitar as suas investidas.

– Isso é ridículo! Eu não...

– Você também deveria ter controlado a sua crueldade – o Arcebispo o interrompeu. – Muitos dos noviços vêm de famílias nobres. Há rumores.

– Rumores! – Charles salivou.

– Sim, rumores baseados nas cicatrizes de queimaduras. Jean du Bellay voltou para as terras do Barão, seu pai, sem a batina e carregando cicatrizes que vão deixá-lo desfigurado para o resto da vida.

– É uma pena que a sua fé não seja tão grande quanto a sua falta de jeito. Ele quase destruiu os meus estábulos pelo fogo. Não tem nada a ver comigo o fato de, após um ferimento que ele mesmo provocou, ele ter renunciado ao sacerdócio e voltado para casa, para a riqueza de sua família.

– Jean conta uma história muito diferente. Ele diz que o enfrentou em relação ao tratamento cruel que você dispensava aos seus companheiros noviços e que a sua raiva foi tão grande que você tocou fogo nele e nos estábulos à sua volta.

Charles sentiu o ódio começar a queimar dentro dele e, enquanto ele falava, as chamas das velas dos candelabros de prata ornamentados que estavam nas duas pontas da mesa de jantar tremularam freneticamente, ficando cada vez mais brilhantes a cada palavra dele.

– Você não vai entrar na minha igreja para fazer acusações contra mim.

O velho sacerdote arregalou os olhos ao observar as chamas crescentes.

– O que andam dizendo sobre você é verdade. Eu não acreditava nisso até agora – mas em vez de se retirar ou reagir com medo, como Charles esperava, De Juigne colocou a mão dentro do seu manto sacerdotal e pegou um pergaminho enrolado, segurando-o diante de si como o escudo de um guerreiro.

Charles tocou a cruz de rubi que estava quente e pesada em seu peito. Ele já tinha começado a mover a sua outra mão – agitando os dedos na direção da chama da vela mais próxima, a qual tremulou cada vez mais brilhante, como se respondendo ao seu toque –, mas a visão do espesso lacre de chumbo no pergaminho fez o sangue em suas veias congelar.

– Uma bula papal! – Charles sentiu o seu fôlego deixar o seu corpo junto com as suas palavras, como se o lacre fosse, de fato, um escudo atirado contra o seu corpo.

– Sim, a Sua Santidade me enviou. A Sua Santidade sabe que eu estou aqui e, como você mesmo pode ler, se eu ou qualquer um que me acompanha sofrer um terrível e infeliz acidente, a misericórdia dele vai se transformar em desforra e a vingança dele contra você vai ser imediata. Se não estivesse tão ocupado em profanar o santuário, teria notado que a minha escolta não é composta por padres. O Papa enviou a sua própria guarda pessoal junto comigo.

Com mãos trêmulas, Charles pegou a bula e quebrou o lacre. Enquanto ele lia, a voz do Arcebispo tomou conta do aposento, como se estivesse narrando a sentença do padre mais jovem.

– Você foi observado de perto por quase um ano. Informes foram passados para a Sua Santidade, que chegou à decisão de que a sua preferência pelo fogo pode não ser a manifestação da influência demoníaca, como muitos acreditam. A Sua Santidade quer dar a você uma oportunidade de usar essa sua afinidade incomum a serviço da igreja, protegendo aqueles que são mais vulneráveis. E não há lugar em que a igreja esteja mais vulnerável do que na Nova França.

Charles chegou ao fim da bula e levantou os olhos para o Arcebispo.

– O Papa está me enviando para Nova Orleans.

– Sim, ele está.

– Eu não vou. Não vou deixar a minha catedral.

– A decisão é sua, Padre Charles. Mas saiba que, se decidir não obedecer, a Sua Santidade ordenou que você seja preso pelos seus guardas, excomungado e considerado culpado de feitiçaria. E então todos nós vamos ver se o seu amor pelo fogo é tão grande quando estiver em chamas amarrado a uma estaca.

– Então eu não tenho escolha.

O Arcebispo encolheu os ombros e então se levantou.

– Se fosse por mim, você não teria escolha alguma.

– Quando eu parto?

– Você deve partir imediatamente. São dois dias de viagem de carruagem até Le Havre. Em três dias o *Minerva* zarpa. A Sua Santidade determina que a sua proteção da Igreja Católica comece no momento em que você pisar no solo do Novo Mundo, onde vai assumir a posição de Bispo da Catedral de Saint Louis – Antoine sorriu com desprezo. – Você não vai achar Nova Orleans tão generosa quanto Évreux, mas pode descobrir que os paroquianos do

Novo Mundo são mais capazes de perdoar as suas, digamos, excentricidades – o Arcebispo começou a arrastar os pés em direção à porta, mas fez uma pausa e voltou o olhar para Charles. – O que você é? Conte-me a verdade e eu não digo nada a Sua Santidade.

– Eu sou um humilde servo da igreja. Todo o resto foi exagerado por causa da inveja e da superstição dos outros.

O Arcebispo balançou a cabeça e não disse mais nada antes de sair do aposento. Quando a porta se fechou, Charles fechou as mãos em punho e deu um soco na mesa, fazendo com que os talheres e os pratos tremessem e as chamas das velas se contorcessem e derramassem cera pelas suas laterais, como se elas estivessem chorando de dor.

Nos dois dias de viagem do *Château* de Navarre ao porto de Le Havre, névoa e chuva envolveram a carruagem de Lenobia em um véu cinza tão espesso e impenetrável que, para Lenobia, parecia que ela havia sido tirada de um mundo que ela conhecia e da mãe que ela amava e levada para um purgatório interminável. Ela não falou com ninguém durante o dia. A carruagem parou brevemente apenas para atender às suas funções corporais mais básicas, e então eles continuaram até a noite. Nas duas noites, o condutor parou em aconchegantes hospedarias de beira de estrada, onde as madames dos estabelecimentos tomaram conta de Cecile Marson de La Tour d'Auvergne, tagarelando sobre como ela era tão jovem e desacompanhada. E, quase sem que Lenobia pudesse escutar, elas fofocaram com as servas sobre como devia ser tão *atroce* e *effrayant*[8] estar a caminho de se casar com um estrangeiro desconhecido em outro mundo.

– Horrível... assustador – Lenobia repetia. Então ela segurava o rosário de sua mãe e rezava sem parar, assim como a sua mãe sempre fizera, até que o som dos sussurros das servas fosse sufocado pela lembrança da voz de sua mãe. – Ave Maria, cheia de graça, o Senhor é convosco, bendita sois vós entre as mulheres...

Na terceira manhã, eles chegaram à cidade portuária de Le Havre e por um momento fugaz a chuva parou e a névoa se dissipou. O cheiro de peixe e de mar permeava tudo. Quando o cocheiro finalmente parou e Lenobia desceu da carruagem e pisou no embarcadouro, uma brisa forte e fria soprou o resto das nuvens e o sol raiou como se estivesse dando as boas-vindas a ela, iluminando uma fragata muito bem pintada e ancorada que balançava sem parar próxima à baía.

Lenobia encarou o navio com assombro. Em toda a parte de cima do casco havia uma tira azul na qual estavam

---

8 Horrível e assustador, em francês. (N.T.)

pintadas intricadas filigranas douradas, que lembravam flores e hera. Ela viu outras partes do casco, além do convés, decoradas em laranja, preto e amarelo. E de frente para ela havia a figura de proa de uma deusa, com os braços estendidos e o vestido tremulando impetuosamente em um vento capturado e esculpido. Ela estava protegida por um capacete, como se fosse para a guerra. Lenobia não sabia por que, mas a visão da deusa a deixou sem fôlego e com o coração palpitando.

– *Mademoiselle* D'Auvergne? *Mademoiselle? Excusez-moi, êtes vous* Cecile Marson de La Tour d'Auvergne[9]?

O barulho do hábito marrom da freira se agitando no ar chamou a atenção de Lenobia antes que as palavras dela fossem totalmente compreensíveis. *Eu sou Cecile?* Com um choque, ela percebeu que a Irmã a estava chamando do outro lado do embarcadouro e, ao não obter nenhuma resposta, a freira havia se separado de um grupo de jovens mulheres ricamente vestidas e se aproximado dela, com a preocupação estampada tanto na sua expressão quanto na sua voz.

– É-é lindo! – Lenobia falou, sem pensar, a primeira coisa que se formou na sua mente.

A freira sorriu.

– De fato, é sim. E se você é Cecile Marson de La Tour d'Auvergne, vai gostar de saber que é mais do que bonito. É o meio pelo qual você vai embarcar em uma vida totalmente nova.

---

9 "Perdão, você é Cecile Marson de La Tour d'Auvergne?", em francês. (N.T.)

Lenobia respirou fundo, pressionou a mão contra o peito para que ela pudesse sentir o rosário de sua mãe e disse:

— Sim, eu sou Cecile Marson de La Tour d'Auvergne.

— Ah, que prazer! Eu sou Irmã Marie Madeleine Hachard, e você é a última das *mademoiselles*. Agora que está aqui, nós podemos embarcar — os olhos castanhos da freira eram gentis. — Não é um bom presságio você ter trazido o sol com a sua chegada?

— Espero que sim, Irmã Marie Madeleine — Lenobia respondeu, e então teve que andar rapidamente para acompanhar a freira enquanto ela voltava apressada, com o hábito esvoaçante, para o grupo de garotas à espera, que as encarava.

— É a *mademoiselle* D'Auvergne, e agora todas chegaram — a freira gesticulou imperiosamente para vários estivadores que estavam parados sem fazer nada além de dar olhares furtivos e curiosos para o grupo de garotas. — *Allons-y*[10]*!* Levem-nos para o *Minerva*, e sejam cuidadosos e rápidos com isso. O Comodoro Cornwallis está ansioso para navegar com a maré — enquanto os homens estavam se agitando para obedecer às suas ordens, preparando um barco a remo para transportá-las até o navio, a freira se virou para as garotas. — *Mademoiselles*, vamos adentrar o futuro!

Lenobia juntou-se ao grupo, observando rapidamente os rostos das garotas, segurando o fôlego e esperando que nenhuma fosse familiar a ela. Ela soltou um longo e trêmulo

---

10 Vamos, em francês. (N.T.)

suspiro de alívio quando tudo que ela reconheceu foi a semelhança das suas expressões de medo. Mesmo assim, permaneceu na beirada do grupo de mulheres, concentrando o seu olhar e a sua atenção no navio e no barco a remo que iria levá-las até lá.

— *Bonjour,* Cecile — uma garota que não parecia ter mais do que treze anos falou com Lenobia com uma voz doce e tímida. — *Je m'appelle* Simonette La Vigne[11].

— *Bonjour* — Lenobia respondeu, esforçando-se para sorrir.

A garota se aproximou mais dela.

— Você está com muito, muito medo?

Lenobia a examinou. Ela certamente era bonita, com cabelos longos e escuros ondulando sobre os seus ombros e um rosto agradável e sem malícia. Sua pele clara e uniforme estava maculada apenas pela cor rosada e brilhante de suas bochechas. Lenobia percebeu que ela estava apavorada.

Lenobia olhou para o resto das garotas do grupo, desta vez realmente as enxergando. Todas eram atraentes, bem-vestidas e tinham mais ou menos a sua idade. Todas também estavam trêmulas e de olhos arregalados. Algumas poucas choravam baixinho. Uma das loirinhas estava balançando a cabeça de um lado para o outro, agarrando um crucifixo cravejado de diamantes pendurado em uma grossa corrente de ouro em seu pescoço. *Todas estão com medo,* Lenobia pensou.

---

11 "Eu me chamo Simonette La Vigne", em francês. (N.T.)

Ela sorriu para Simonette – desta vez conseguindo sorrir de fato.

– Não, eu não estou com medo – Lenobia se ouviu dizer com uma voz que soou muito mais forte do que ela se sentia. – Acho que o navio é lindo.

– Ma-mas eu não sei na-nadar! – a loirinha trêmula gaguejou.

*Nadar? Eu estou com medo de ser descoberta como uma impostora, de nunca mais ver a minha mãe de novo e de encarar a vida em uma terra estranha e longínqua. Como ela pode estar preocupada por não saber nadar?* A gargalhada que escapou de Lenobia atraiu a atenção de todas as garotas, inclusive da Irmã Marie Madeleine.

– Você está rindo de mim, *mademoiselle?* – a garota perguntou.

Lenobia limpou a garganta e disse:

– Não, é claro que não. Eu só estava pensando em como seria engraçado ver todas nós tentando nadar até o Novo Mundo. Nós seríamos como flores flutuantes – ela riu de novo, desta vez menos histericamente. – Mas não é melhor o fato de termos este magnífico navio para nadar por nós até lá?

– Por que essa conversa sobre nadar? – a Irmã Marie Madeleine interviu. – Nenhuma de nós precisa saber nadar. *Mademoiselle* Cecile estava certa por rir de um pensamento desses – a freira caminhou até a beirada do cais, onde os marinheiros esperavam impacientemente que as garotas começassem a embarcar. – Agora venham comigo. Nós precisamos nos instalar nas nossas cabines para que o *Minerva* possa partir – sem nem olhar para trás, a Irmã Marie Madeleine segurou na mão do marujo mais próximo e entrou desajeitadamente, mas com entusiasmo, no balançante barco a remo. Ela já havia se sentado e estava arrumando o seu volumoso hábito marrom até que percebeu que nenhuma das garotas a seguira.

Lenobia notou que várias *mademoiselles* tinham dado alguns passos para trás, e lágrimas pareciam estar se espalhando como uma peste pelo grupo.

*Isso não é tão assustador quanto deixar minha mãe,* Lenobia disse a si mesma com firmeza. *Nem é tão apavorante quanto ser a filha bastarda de um Barão frio e insensível.* Sem hesitar mais, Lenobia caminhou resolutamente até a beira do cais. Ela estendeu a mão, como se estivesse acostumada à presença de servos automaticamente a postos para ajudá-la e, antes que tivesse tempo de pensar duas vezes na sua coragem, ela estava no pequeno barco ocupando um assento ao lado da Irmã Marie Madeleine. A freira pegou a sua mão e deu um aperto rápido e firme.

– Você fez muito bem – disse a Irmã.

Lenobia levantou o queixo e encontrou o olhar de Simonette.

– Venha, florzinha! Você não tem nada a temer.

– *Oui!* – Simonette segurou o vestido e correu para pegar a mão que o marujo oferecia. – Se você pode, eu também posso.

E isso quebrou a resistência. Logo, todas as garotas começaram a ser ajudadas a entrar no bote. Lágrimas se transformaram em sorrisos quando a confiança do grupo cresceu e o pânico delas se evaporou, deixando no lugar suspiros de alívio e até algumas risadas hesitantes.

Lenobia não tinha certeza de quando o seu próprio sorriso se transformou de algo falso e forçado em um prazer genuíno, mas quando a última garota subiu a bordo ela percebeu que o aperto em seu peito havia aliviado, como se a dor em seu coração pudesse realmente se tornar suportável.

Os marinheiros já haviam remado quase até a metade do caminho até o navio e Simonette estava tagarelando sobre como ela nunca tinha visto o mar antes, apesar de já ter quase dezesseis anos, e que talvez estivesse apenas um pouco nervosa, quando uma rica carruagem parou e um homem alto com uma batina roxa saiu de dentro dela. Ele caminhou até a beira do cais e encarou o grupo de garotas e o navio à espera. Tudo nele – da sua postura ao olhar sombrio do seu rosto – parecia irritado, agressivo e familiar. Repugnantemente familiar...

Lenobia estava observando-o com um crescente sentimento de incredulidade e temor. *Não, por favor, que não seja ele!*

– O rosto dele me dá medo – Simonette falou em voz baixa. Ela também estava fitando o homem no cais distante.

A Irmã Marie Madeleine acariciou a sua mão para acalmá-la e respondeu:

– Eu fui informada nesta manhã que a adorável Catedral de Saint Louis vai ganhar um novo Bispo. Deve ser ele – a freira sorriu gentilmente para Simonette. – Não há razão para você ter medo. É uma bênção ter um Bispo devoto viajando conosco para Nova Orleans.

— A senhora sabe de qual paróquia ele vem? — Lenobia perguntou, apesar de ela saber a resposta antes que a freira confirmasse o seu pavor.

— Bem, sim, Cecile. Ele é Charles de Beaumont, o Bispo de Évreux. Mas você não o reconheceu? Acho que Évreux é bem perto de sua casa, não é?

Sentindo-se como se ela fosse ficar terrivelmente doente, Lenobia afirmou:

— Sim, Irmã, é sim.

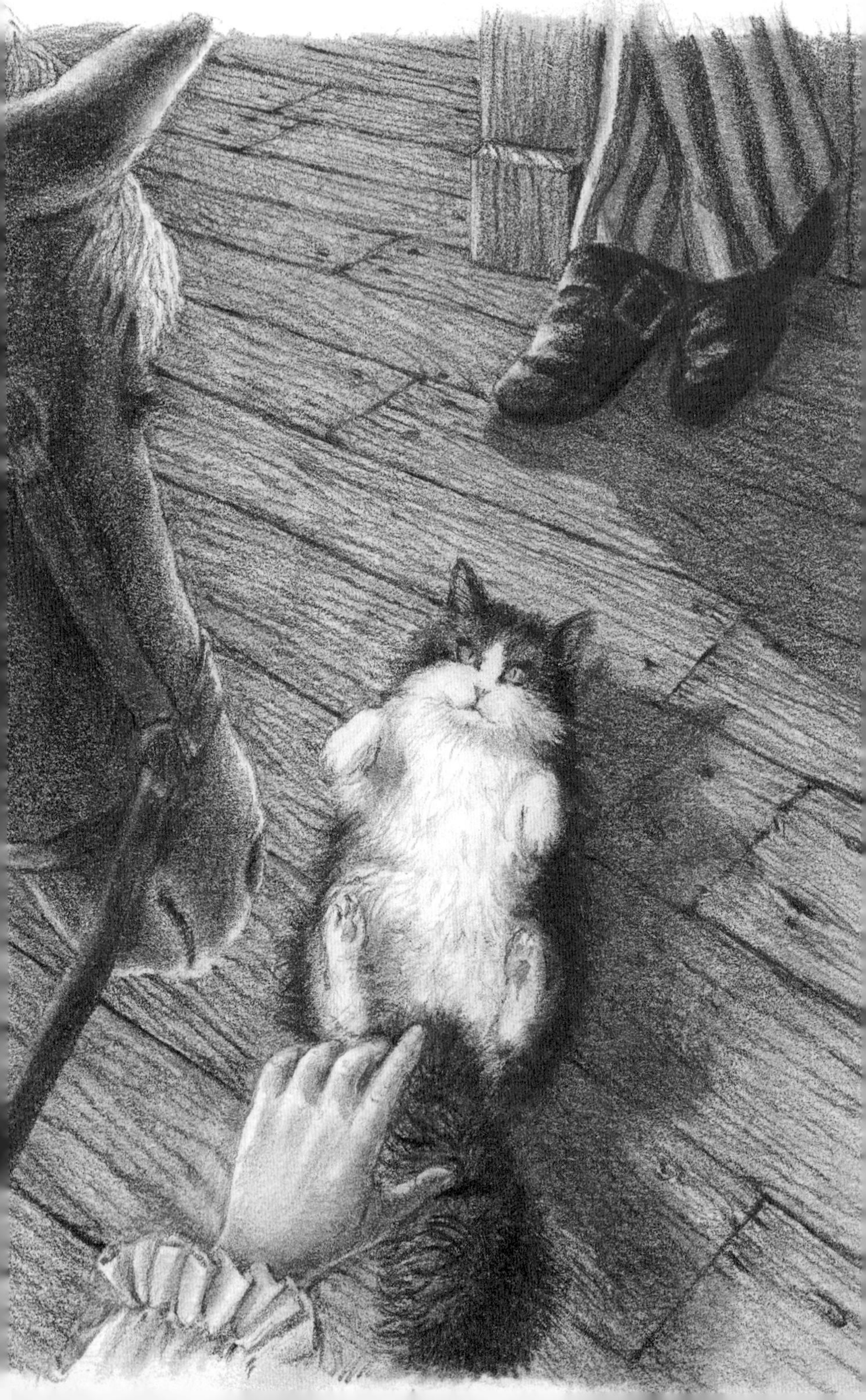

# Capítulo três

Assim que Lenobia embarcou no *Minerva*, ela colocou o grosso capuz do seu manto forrado de pele sobre a cabeça. Forçando-se a ignorar o convés vivamente pintado e a energia alvoroçada de tudo à sua volta, com o carregamento de engradados de farinha, sacas de sal, pedaços de carne curada e até cavalos, Lenobia abaixou o queixo e tentou desaparecer. *Cavalos! Também há cavalos viajando conosco?* Ela queria olhar ao redor e prestar atenção em tudo, mas o barco a remo já havia começado a sua viagem de volta até o cais, onde ele iria buscar o companheiro de viagem delas, o Bispo de Évreux. *Preciso ficar abaixada. Eu não posso deixar o Bispo me ver. Acima de tudo, tenho que ser corajosa... ser corajosa... ser corajosa...*

– Cecile? Você está bem? – Simonette estava espiando o seu rosto encapuzado, soando tão preocupada que ela atraiu a atenção da Irmã Marie Madeleine.

– *Mademoiselle* Cecile, está...

— Eu estou me sentindo um pouco indisposta, Irmã — Lenobia a interrompeu, tentando falar baixo e não atrair a atenção de mais ninguém.

— *Aye*[12]! É assim mesmo. Algumas pessoas ficam enjoadas no momento em que colocam os pés no convés — o homem de voz estrondosa que caminhava decididamente na direção delas tinha um peito enorme e um rosto corado e carnudo que contrastava dramaticamente com o seu casaco azul escuro com dragonas douradas nos ombros. — Sinto muito, mas a sua reação é um mau presságio de como você vai passar na viagem, *mademoiselle*. Digo que, apesar de eu já ter perdido passageiros no mar, nunca perdi nenhum por causa de enjoo.

— E-eu acho que vou melhorar se ficar abaixada — Lenobia falou rápido, plenamente consciente de que a cada momento o Bispo se aproximava mais e mais do navio.

— Oh, pobre Cecile — Irmã Marie Madeleine murmurou. Então ela acrescentou: — Garotas, este é o nosso capitão, o Comodoro William Cornwallis. Ele é um grande patriota e vai nos manter bem seguras durante a nossa longa jornada.

— É muita gentileza de sua parte, bondosa Irmã — o Comodoro gesticulou para um jovem mulato, vestido de modo simples, que estava parado ali perto. — Martin, mostre as cabines às damas.

---

12 *Aye* é uma expressão escocesa, muito usada por marinheiros e piratas, que significa "sim" ou "sempre". (N.T.)

– *Merci beaucoup,* Comodoro – a Irmã Marie Madeleine agradeceu.

– Espero ver todas vocês no jantar esta noite – o homem grandalhão piscou para Lenobia. – Pelo menos aquelas com estômago para comparecer! Com licença, senhoritas – ele saiu a passos largos, berrando com um grupo de membros da tripulação que estava lidando desajeitadamente com um engradado grande.

– *Mademoiselles,* madame, queiram me seguir – Martin disse.

Lenobia foi a primeira a entrar na fila atrás dos ombros largos de Martin. Ele as guiou com agilidade por uma porta detrás do convés e depois desceu uma escada estreita e um tanto traiçoeira que levava a um corredor quase tão estreito que, por sua vez, bifurcava-se à direita e à esquerda. Martin indicou o lado esquerdo com o queixo e Lenobia viu de relance o seu perfil jovem e forte.

– As cabines da tripulação ficam daquele lado – enquanto ele falava, houve um barulho alto e estrondoso e um guincho agudo de animal veio da direção para onde o queixo dele havia apontado.

– Tripulação? – Lenobia não conseguiu deixar de perguntar levantando a sobrancelha. O som familiar de um cavalo irritado fez com que ela se esquecesse momentaneamente de ficar muda e invisível.

Martin abaixou os olhos para ela. Ele sorriu com o canto da boca e os seus olhos, onde havia um brilho verde-oliva incomum, faiscaram. Lenobia não sabia dizer se a faísca era de humor, travessura ou sarcasmo. Ele disse:

— Abaixo das cabines da tripulação fica o compartimento de carga, e lá está o par de cinzentos que Vincent Rillieux encomendou para a sua carruagem.

— Cinzentos? — Simonette perguntou. Porém, ela não estava olhando para o longo corredor, e sim fitando Martin com uma franca curiosidade.

— Cavalos — Lenobia explicou.

— Percherões, uma parelha de capões — Martin a corrigiu.
— Animais brutos gigantes. Não são para damas. O compartimento de carga é escuro e úmido. Não é um lugar próprio para damas e cavalheiros — ele afirmou, encontrando o olhar de Lenobia com uma sinceridade que a surpreendeu. Então, virou-se para a direita e continuou a falar enquanto caminhava: — Este é o caminho das suas cabines. Há quatro quartos para vocês se dividirem. O Comodoro e todos os passageiros homens vão ficar acima de vocês.

Simonette deu o braço para Lenobia e sussurrou rapidamente:

— Eu nunca tinha visto um mulato antes. Estou imaginando se todos são tão bonitos quanto ele!

— Sssh! — Lenobia a silenciou assim que Martin parou diante da porta da primeira cabine, que se abria à direita do estreito corredor.

— Isso é tudo. Obrigada, Martin — Irmã Marie Madeleine havia os alcançado e deu um olhar duro para Simonette enquanto dispensava o mulato.

— Sim, Irmã — ele disse enquanto se curvava para a freira, e então começou a voltar pelo corredor.

— *Excuse moi,* Martin. Onde e quando nós vamos jantar com o Comodoro? — Irmã Marie Madeleine perguntou.

Martin parou de andar para responder.

— A mesa do Comodoro é onde vocês jantarão, sempre às sete da noite. Em ponto, madame. O Comodoro faz questão de traje formal. As outras refeições serão trazidas a vocês — apesar do tom de voz de Martin ter se tornado seco, quando o seu olhar se voltou para Lenobia, ela achou que a sua expressão era mais de uma curiosidade tímida do que de um comportamento servil.

— Nós seremos as únicas convidadas para o jantar do Comodoro? — Lenobia quis saber.

— Com certeza ele também irá convidar o Bispo — Irmã Marie Madeleine disse rapidamente.

— Ah, *oui,* o Bispo vai comparecer. Ele também vai conduzir uma missa. O Comodoro é um bom católico, assim como a tripulação, madame — Martin afirmou antes de desaparecer de vista pelo corredor.

Desta vez, Lenobia não precisou fingir que estava se sentindo mal.

— Não, não, de verdade. Por favor, vão sem mim. Tudo de que eu preciso é um pouco de pão, queijo e vinho diluído em água — Lenobia garantiu à Irmã Marie Madeleine.

— *Mademoiselle* Cecile, será que a companhia do Comodoro e do Bispo não vai distrair a sua mente do incômodo no seu estômago? — a freira franziu a testa enquanto hesitava junto à porta com as outras garotas, todas arrumadas e ávidas pelo primeiro jantar na mesa do Comodoro.

— Não! — pensando no que iria acontecer se o Bispo a reconhecesse, Lenobia sabia que o seu rosto tinha ficado pálido. Ela teve uma ânsia de vômito e colocou a mão na frente da boca, como para segurar o enjoo. — Eu não posso nem pensar em comida. Se tentasse, certamente iria me envergonhar por causa da náusea.

A Irmã Marie Madeleine suspirou pesadamente.

— Muito bem. Descanse esta noite. Vou trazer um pouco de pão e queijo para você.

— Obrigada, Irmã.

— Tenho certeza de que amanhã você vai voltar a ser você mesma — Simonette falou antes de a Irmã Marie Madeleine fechar a porta suavemente.

Lenobia soltou um longo suspiro e atirou o capuz do seu manto para trás, junto com o seu cabelo loiro-platinado. Sem perder nem mais um minuto do seu precioso tempo, ela arrastou o grande baú, em que estava gravado a ouro CECILE MARSON DE LA TOUR D'AUVERGNE, até o fundo do quarto, perto do catre que havia escolhido para dormir. Lenobia colocou o baú embaixo de uma das janelas redondas e subiu em cima dele, puxando o gancho de metal que mantinha o vidro fechado, e então inspirou profundamente o ar fresco e úmido.

O grande baú a deixou alta o bastante para ver através da janela. Estupefata, Lenobia mirou a extensão interminável de água. A noite já estava quase começando, mas ainda havia luz suficiente no enorme céu para iluminar as ondas. Lenobia achava que ela nunca tinha visto nada tão fascinante quanto o oceano à noite. O seu corpo oscilava graciosamente com o movimento do navio. Enjoo? Não, absolutamente!

– Mas eu vou fingir que estou enjoada – ela sussurrou em voz alta para o oceano e a noite. – Nem que eu precise manter esse fingimento por todas as oito semanas da viagem.

Oito semanas! Pensar nisso era terrível. Ela havia arfado de choque quando Simonette, sempre tagarela, comentara como era difícil acreditar que elas iriam ficar neste navio por oito semanas inteiras. A Irmã Marie Madeleine tinha dado um olhar estranho para ela, e Lenobia rapidamente disfarçara dando um gemido e apertando o estômago.

– Tenho que ser mais cuidadosa – ela disse a si mesma. – É claro que a Cecile real saberia que a viagem vai durar oito semanas. Preciso ser mais esperta e mais corajosa. E acima de tudo, tenho que evitar o Bispo.

Ela fechou a pequena vigia com relutância, desceu do baú e o abriu. Quando começou a procurar um traje de dormir em meio às caras sedas e rendas, encontrou um pedaço de papel dobrado em cima do monte de tecidos brilhantes. O nome *Cecile* estava escrito com a letra característica da sua mãe. As mãos de Lenobia tremeram um pouco quando ela abriu a carta e leu:

*Minha filha,*

*O seu casamento foi arranjado com o filho mais novo do Duque de Silegne, Thinton de Silegne. Ele é dono de uma grande plantação ao norte de Nova Orleans, a um dia de viagem. Não sei se ele é gentil nem bonito, só sei que é jovem, rico e vem de uma boa família. Eu vou rezar todo nascer do sol para que você seja feliz e que os seus filhos saibam como eles têm sorte de ter como mãe uma mulher tão corajosa.*

*Sua* maman

Lenobia fechou os olhos, enxugou as lágrimas do seu rosto e abraçou a carta. Era um sinal de que tudo iria ficar bem! Ela iria se casar com um homem que morava a um dia de viagem de onde o Bispo estaria. Certamente, um lugar com uma grande e rica plantação deveria ter a sua própria capela. Se não tivesse, Lenobia faria com que fosse construída logo. Tudo o que ela tinha que fazer era evitar ser descoberta até sair de Nova Orleans.

*Não vai ser tão difícil,* ela disse a si mesma. *Tive que evitar os olhares de cobiça dos homens nos últimos dois anos. Em comparação, oito semanas a mais não é tanto tempo assim...*

Bem mais tarde, quando Lenobia se permitiu recordar aquela viagem fatídica, ela refletiu sobra a estranheza do tempo e sobre como oito semanas podiam transcorrer em velocidades tão diferentes.

Os primeiros dois dias pareceram intermináveis. A Irmã Marie Madeleine ficava sempre rondando, tentando fazê-la comer – o que era uma tortura, pois Lenobia estava totalmente esfomeada e tinha vontade de cravar os dentes nos biscoitinhos e na carne de porco fatiada que a bondosa freira ficava oferecendo para ela. Em vez disso, ela mordiscava um pouco de pão duro e bebia vinho diluído em água até sentir as bochechas quentes e a cabeça girando.

Logo após o amanhecer do terceiro dia, o mar, que estava tranquilo até então, mudou completamente e se transformou em uma entidade cinzenta e raivosa que atirava o *Minerva* de um lado para o outro, como se ele fosse um galho fino balançando ao sabor da correnteza. O Comodoro fez uma aparição cheia de pompa nas cabines das mulheres, garantindo a todas que a tempestade era relativamente branda e, na verdade, providencial – com ela, o navio estava sendo empurrado a uma velocidade muito maior na direção de Nova Orleans do que seria comum naquela época do ano.

Lenobia ficou feliz com isso, mas ela achou ainda mais providencial o fato de o mar agitado ter feito com que mais da metade dos seus companheiros de navio – incluindo o Bispo – ficassem seriamente indispostos e fechados em seus quartos. Lenobia se sentiu mal por estar aliviada com a doença dos outros, mas certamente aquilo tornou os dez dias seguintes muito mais fáceis para ela. E quando o mar se acalmou de novo, o comportamento padrão de Lenobia – de preferir ficar sempre a sós – já estava bem estabelecido. Exceto por ocasionais explosões de tagarelice irrefreável de Simonette, as outras garotas costumavam deixar a garota em paz.

No começo, ela pensou que iria se sentir sozinha. De fato, Lenobia sentia terrivelmente a falta de sua mãe, mas ficou surpresa ao descobrir como apreciava a solidão – aquele tempo só com os seus pensamentos. No entanto, essa foi apenas a primeira das suas surpresas. Na verdade, até o seu segrego ser descoberto, Lenobia havia encontrado a felicidade graças a três fatores: o nascer do sol, cavalos e... o jovem com quem ela havia esbarrado acidentalmente por causa das duas primeiras coisas.

Foi procurando o caminho menos frequentado pelas pessoas a bordo que ela descobriu que bem cedo, algumas horas antes do amanhecer e até o sol nascer, era o momento do dia mais calmo e privado. Assim, chegou também aos Percherões.

As outras garotas nunca saíam da cama antes de o sol estar bem alto no céu da manhã. Irmã Marie Madeleine era sempre a primeira das mulheres a despertar. Ela se levantava quando a luz do amanhecer passava do rosa para o amarelo. Então, ia imediatamente até o pequeno altar que havia criado para a Virgem Maria, onde acendia uma vela votiva e começava a rezar. A freira também se dirigia até o seu altar no meio da manhã, para as ladainhas marianas, e, antes de deitar, para recitar o Pequeno Ofício da Imaculada Conceição, orientando as garotas a rezar com ela. Na verdade, todas as manhãs a devota Irmã orava com tanto fervor – de olhos fechados, segurando as contas do rosário uma a uma –, que era bem fácil sair do quarto ou entrar, esgueirando-se sem perturbá-la.

Foi assim que Lenobia começou a acordar antes de todas as outras e a perambular em silêncio pelo navio, encontrando um espaço de solidão e beleza muito maior do que ela imaginava que existisse. Estava ficando louca, presa naquela cabine, escondendo-se do Bispo e fingindo estar doente. Em uma manhã bem cedo, quando todas as garotas e até a Irmã Marie Madeleine estavam dormindo profundamente, ela arriscou sair do quarto na ponta dos pés até o corredor. O mar estava agitado – a tempestade apenas começara –, mas Lenobia não teve problemas para ficar de pé. Gostava do balanço do *Minerva*. Ela também apreciava o fato de o mau tempo estar mantendo muitos tripulantes em suas cabines.

Esforçando-se para escutar o máximo que podia, Lenobia foi se movendo de sombra em sombra, avançando até um canto escuro no convés lá em cima. Lá ficou ela, perto da grade do parapeito, inspirando profundamente o ar fresco enquanto observava a água, o céu e a vasta extensão de vazio. Ela não estava pensando em nada, estava apenas sentindo a liberdade.

Então algo surpreendente aconteceu.

O céu, que estava escuro e acinzentado, começou a ficar vermelho, da cor de pêssego, de açafrão e da flor primavera. As águas cristalinas ampliavam todas essas cores, e Lenobia sentiu-se fascinada pela majestade da cena. Sim, é claro que várias vezes ele havia despertado ao amanhecer no *château*, mas lá ela estava sempre ocupada. Ele nunca havia tido tempo de sentar e assistir ao céu clareando e ao sol se levantando magicamente no horizonte longínquo.

Daquela manhã em diante, isso se tornou parte de seu próprio ritual religioso. Lenobia se tornou, à sua maneira, tão devota quanto a Irmã Marie Madeleine. Todo dia ao amanhecer ela subia furtivamente até o convés, encontrava um ponto de sombra e solidão e assistia ao céu dando as boas-vindas ao sol.

E ao fazer isso, Lenobia agradecia pela beleza que ela tinha a oportunidade de testemunhar. Segurando o rosário de sua mãe, rezava fervorosamente, pedindo para poder ver outro amanhecer em segurança, sem ter o seu segredo descoberto. Ficava no convés enquanto tinha coragem, até que os barulhos da tripulação acordando a levavam para baixo, onde ela entrava despercebida em seu quarto compartilhado e voltava ao fingimento de ser uma solitária frágil e doente.

Foi só depois de ter assistido ao terceiro amanhecer, quando ela voltava para o quarto pelo caminho que já lhe era familiar, que Lenobia encontrou os cavalos e depois ele. Quando estava entrando no corredor da escada, escutou os homens subindo e teve quase certeza de que uma das vozes – a mais rude de todas – pertencia ao Bispo. A reação dela foi imediata. Lenobia segurou as saias do seu vestido e correu na direção oposta, o mais rápido e silenciosamente que podia. Foi se movendo de sombra em sombra, sempre se afastando das vozes. Ela não parou quando encontrou uma pequena porta arqueada que dava para uma escada íngreme e estreita, que descia abruptamente. Ela simplesmente foi pisando degrau por degrau até chegar embaixo.

Lenobia sentiu o cheiro deles antes de vê-los. O aroma de cavalos, feno e esterco eram tão familiares quanto reconfortantes. Ela deveria ter feito uma pausa ali apenas por um momento – tinha certeza de que nenhuma das outras garotas iria prestar atenção nos cavalos por mais do que um instante. Mas Lenobia não era como as outras garotas. Ela sempre amara animais de todos os tipos, mas principalmente cavalos.

Os sons e os cheiros deles atraíam-na, assim como a lua atrai a maré. Havia uma surpreendente quantidade de luz entrando por grandes aberturas retangulares no deque superior, e foi fácil para Lenobia avançar por entre engradados, sacas, contêineres e barris até parar diante de um estábulo provisório. Duas enormes cabeças cinzentas estavam inclinadas por cima da meia parede, com os ouvidos eriçados e atentos na direção dela.

– Ooooh! Vejam só vocês dois! Vocês são incríveis! – Lenobia foi andando cuidadosamente até eles, sem fazer nenhum movimento abrupto e estúpido que pudesse assustá-los. Mas ela não precisava ter se preocupado. Os dois Percherões pareciam tão curiosos a respeito dela quanto ela estava em relação a eles. Ela estendeu os braços na direção deles e ambos começaram a resfolegar contra as palmas de sua mão. Ela acariciou as suas testas amplas e beijou os seus focinhos macios, rindo como uma garotinha quando eles lamberam o seu cabelo.

Aquela risada foi o que fez Lenobia perceber a verdade: ela estava, de fato, sentindo-se em uma bolha de alegria. E isso era algo que acreditava que nunca mais sentiria de verdade. Ah, certamente iria sentir a satisfação e a segurança que o fato de viver como a filha legítima de um Barão lhe proporcionaria. Se não sentisse amor por Thinton de Silegne, o homem com quem ela estava destinada a casar no lugar de Cecile, ela esperava se contentar com ele. Mas alegria? Lenobia não esperava sentir mais alegria.

Ela sorriu quando um dos cavalos lambeu a renda na manga do seu vestido.

— Cavalos e alegria... as duas coisas andam juntas — ela disse para o capão.

Foi quando ela estava parada entre os dois Percherões, sentindo aquela inesperada bolha de alegria, que um enorme gato branco e preto saltou do alto do engradado mais próximo e aterrissou com um sonoro impacto surdo aos seus pés.

Lenobia e os Percherões se assustaram. Os cavalos arquearam os pescoços e olharam cautelosos para o gato.

— Eu sei — Lenobia disse a eles. — Eu também acho. Esse é o maior gato que eu já vi na vida.

Aproveitando a deixa, o gato deitou de costas, girou a cabeça e piscou inocentes olhos verdes para Lenobia, enquanto roncava um estranho e baixo *rrrrrow*.

Lenobia olhou para os capões. Eles olharam para ela. A garota deu de ombros e disse:

– *Oui,* parece que o gato quer que alguém coce a sua barriga – ela sorriu e se abaixou, estendendo a mão.

– Eu não faria isso.

Lenobia encolheu o braço e congelou. Com o coração disparado, ela achou que tinha sido apanhada e se sentiu culpada quando um homem saiu das sombras. Ao reconhecer Martin, o mulato que mostrara as cabines a elas havia apenas alguns dias, ela soltou um breve suspiro de alívio e tentou parecer menos culpada e agir como uma dama.

– Parece que ela quer que alguém coce a sua barriga – Lenobia disse.

– Ele – Martin a corrigiu. – Odysseus está usando o seu truque favorito com você, *mademoiselle* – ele puxou uma palha comprida de feno de um fardo de alfafa próximo e a esfregou na barriga gorducha do gato. Odysseus rapidamente capturou o feno, devorando-o completamente antes de desaparecer no compartimento de carga. – Esse é o jogo dele. Ele parece inofensivo para atrair você, e então ele ataca.

– Ele é mesmo malvado?

Martin encolheu seus ombros largos.

– Acho que não exatamente malvado, apenas travesso. Mas o que eu posso saber? Eu não sou um cavalheiro instruído nem uma grande dama.

Lenobia quase respondeu automaticamente: "Nem eu!". Felizmente, Martin continuou.

– *Mademoiselle*, aqui não é lugar para uma dama. Você vai sujar a sua roupa e desarranjar o seu penteado.

Ela achou que, apesar de Martin estar falando com ela de modo respeitoso e apropriado, havia algo no jeito e no tom de voz dele que demonstrava incômodo e condescendência. E isso a irritou. Não porque ela deveria estar acima da classe dele. Lenobia se importou porque não era uma daquelas *mademoiselles* ricas, mimadas e esnobes que destratavam os outros e não sabiam nada sobre trabalho duro. Ela não era Cecile Marson de La Tour d'Auvergne.

Lenobia franziu os olhos para ele.

— Eu gosto de cavalos — para enfatizar o que afirmava, colocou-se entre os dois animais cinzentos e acariciou os seus pescoços grossos. — Eu também gosto de gatos, até dos travessos. E eu não me importo de sujar a minha roupa ou de bagunçar o meu cabelo.

Lenobia viu a surpresa nos olhos verdes e expressivos dele, mas, antes que ele pudesse responder, o som das vozes dos homens lá em cima chegou até eles.

— Eu tenho que voltar. Não posso ser pega — Lenobia se conteve antes de deixar escapar "pelo Bispo" e, em vez disso, concluiu apressadamente: — vagando pelo navio. Eu deveria estar na minha cabine. E-eu não ando me sentindo bem.

— Eu me lembro — Martin disse. — Pareceu indisposta assim que subiu a bordo. Você não parece tão mal agora, apesar de o mar estar agitado hoje.

— Andar um pouco faz com que eu me sinta melhor, mas a Irmã Marie Madeleine acha que isso não é adequado — na verdade, a bondosa Irmã não havia afirmado aquilo. Ela não precisara. Todas as garotas pareciam satisfeitas em ficar sentadas, bordando, fofocando ou tocando uma das duas espinetas[13] que estavam sendo transportadas junto com elas. Nenhuma delas havia demonstrado o menor interesse em explorar o grande navio.

— A Irmã... ela é uma mulher forte. Acho que até o Comodoro tem um pouco de medo dela — ele falou.

— Eu sei, eu sei, mas, bem, eu só... eu gosto de ver o resto do navio — Lenobia se esforçou para encontrar as palavras certas, que não iriam revelar demais.

Martin assentiu.

— As outras *mademoiselles* raramente saem de suas cabines. Alguns de nós acham que elas podem ser chamadas de *fille à la cassette,* garota porta-joias — ele disse a frase primeiro em francês e depois em inglês, estranhamente ecoando o comentário de sua mãe no dia em que ela havia partido do *château.* Ele inclinou a cabeça e a observou, esfregando o queixo de modo exageradamente concentrado. — Você não parece muito uma garota porta-joias.

— *Exactement!* É isso que eu estou tentando dizer. Eu não sou como as outras garotas — ela afirmou. Quando as vozes começaram a se aproximar cada vez mais, Lenobia acariciou os dois cavalos para se despedir e então engoliu o seu medo e se virou para encarar o jovem. — Por favor, Martin, você me mostraria como voltar sem passar por lá — ela apontou para a escada íngreme por onde havia descido — e sem ter que atravessar o deque inteiro?

---

13 Antigo instrumento de teclado e cordas, semelhante ao cravo. (N.T.)

— *Oui* — ele respondeu apenas com uma leve hesitação.

— E você promete que não vai contar a ninguém que eu estive aqui? Por favor?

— *Oui* — ele repetiu. — *Allons-y.*

Martin a guiou rapidamente por um caminho tortuoso através dos montes de carga na parte inferior do navio, até que eles chegaram a uma entrada maior e mais acessível. — Suba por aqui — Martin explicou. — O caminho vai dar no corredor das suas cabines.

— Vou ter que passar pelas cabines da tripulação também, não?

— Sim. Se você encontrar homens, empine o queixo assim — Martin levantou o queixo. — E então olhe para eles do modo como me olhou quando disse que gostava de cavalos e gatos travessos. Eles não vão perturbá-la.

— Obrigada, Martin! Muito obrigada! — Lenobia agradeceu.

— Sabe por que te ajudei?

A pergunta de Martin fez com que ela se virasse para olhar para ele com ar de interrogação.

— Imagino que seja porque você deve ser um homem de bom coração.

Martin balançou a cabeça.

— Não, foi porque você foi corajosa o bastante para me pedir.

A risadinha que escapou de Lenobia foi quase histérica.

— Corajosa? Não, eu tenho medo de tudo!

Ele sorriu.

— Menos de cavalos e de gatos.

Ela retribuiu o sorriso dele, sentindo um calor nas bochechas e um friozinho na barriga, pois ele ficava ainda mais bonito sorrindo.

— Sim — Lenobia tentou fingir que não estava nervosa. — Menos de cavalos e de gatos. Obrigada de novo, Martin.

Ela já tinha quase passado pela porta quando ele acrescentou:

— Eu alimento os cavalos. Todas as manhãs, logo após o amanhecer.

Com as bochechas ainda quentes, Lenobia virou-se para ele.

— Talvez a gente se encontre de novo.

Os olhos verdes dele faiscaram e ele tocou um chapéu imaginário para saudá-la.

— Talvez, *chérie*[14], talvez.

---

14 Querida, em francês. (N.T.)

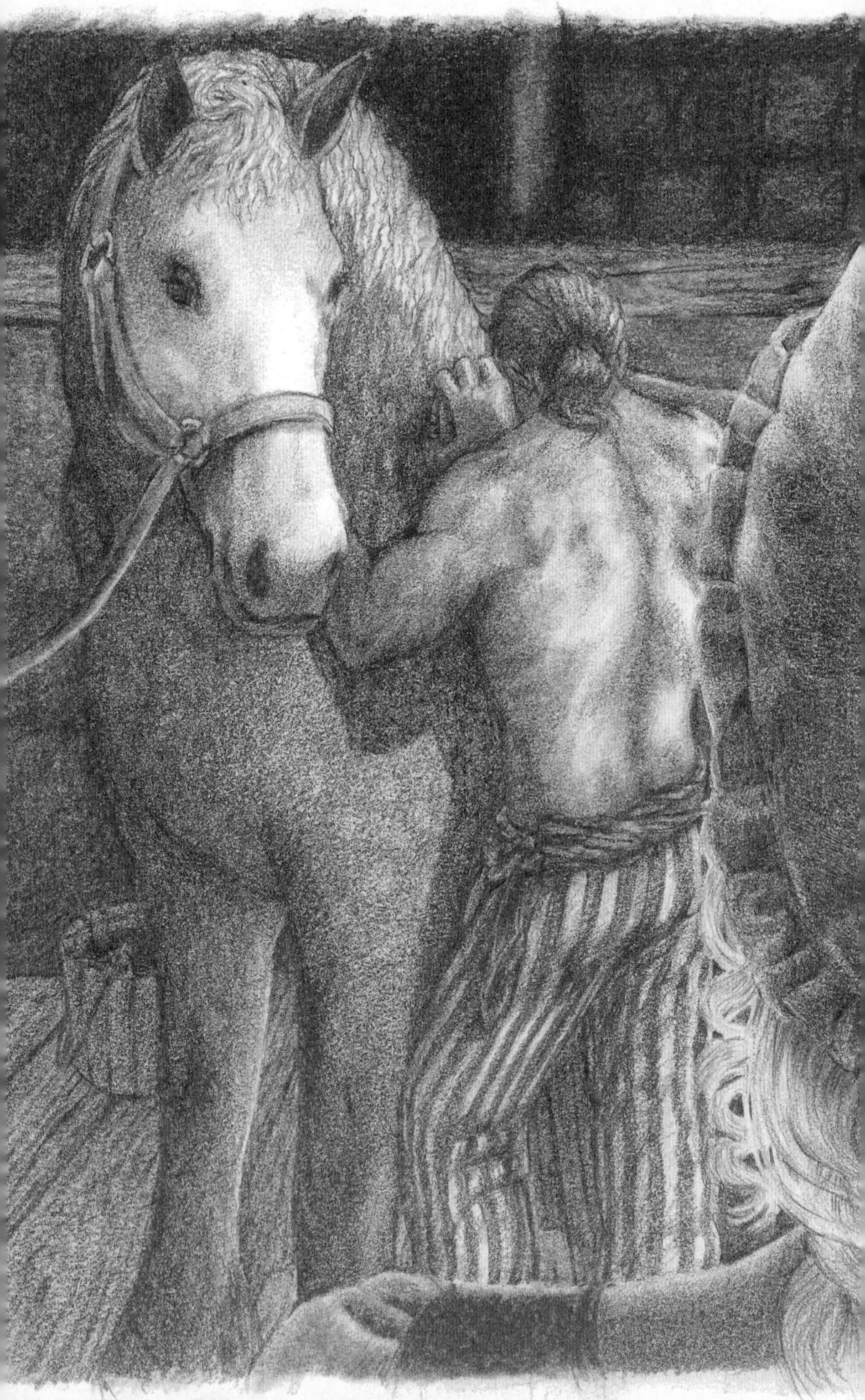

# Capítulo quatro

Nas quatro semanas seguintes, Lenobia viveu em um estado estranho, no meio do caminho entre paz e ansiedade, entre alegria e desespero. O tempo brincava com ela. As horas em que ficava sentada em sua cabine esperando pelo crepúsculo, depois pela noite e então pela alvorada pareciam demorar uma eternidade para passar. Mas quando todos estavam dormindo e ela podia escapar do confinamento da sua prisão autoimposta, as horas transcorriam rapidamente, deixando-a ansiosa por mais.

Vagava pelo navio, mergulhando em liberdade com o ar salgado, assistindo ao sol explodir glorioso no horizonte, e depois dirigia-se cuidadosamente para a parte inferior do navio, para a alegria que a aguardava abaixo do convés.

Por algum tempo ela se convenceu de que eram apenas os cavalos que a faziam tão feliz, tão ávida para ir até o compartimento de carga e tão triste quando o tempo passava rápido demais. Quando o navio começava a despertar, tinha que voltar para a sua cabine.

Não podia ter nada a ver com os ombros largos de Martin, nem com o seu sorriso, nem com a faísca nos seus olhos cor de azeitona, nem com o modo como ele a provocava e a fazia rir.

— Esses cinzentos não vão comer esse pão que você trouxe. Ninguém deve comer essa coisa — ele disse rindo na primeira manhã em que ela voltou.

Ela franziu a testa.

— Eles vão comer justamente porque é salgado demais. Cavalos gostam de coisas salgadas — com um pedaço em cada mão, ela ofereceu o pão para os Percherões. Eles farejaram suas mãos e então, com uma delicadeza surpreendente para animais tão grandes, morderam e mastigaram o pão, balançando a cabeça e fazendo expressões de surpresa que fizeram Lenobia e Martin dar boas risadas juntos.

— Você tinha razão, *chérie*! — Martin falou. — Como sabe o que cavalos gostam de comer, uma dama como você?

— Meu pai tem muitos cavalos. Eu disse que gosto deles. Eu passava bastante tempo nos estábulos — ela respondeu com evasivas.

— E o seu *père*[15], ele não se importava que a sua filha ficasse nos estábulos?

— Meu pai nunca prestou atenção onde eu estava — ela afirmou, pensando que pelo menos isso era verdade. — E você? Onde aprendeu a lidar com cavalos? — Lenobia desviou o foco da conversa.

---

15 Pai, em francês. (N.T.)

— Na plantação dos Rillieux, próxima a Nova Orleans.

— Sim, esse é o nome do homem que você disse que havia encomendado os cavalos. Então o *Monsieur* Rillieux deve confiar bastante em você, já que ele mandou você viajar até a França e voltar a Nova Orleans com os seus cavalos.

— Ele deve confiar. *Monsieur* Rilleux é o meu pai.

— O seu pai? Mas eu pensei... — a voz de Lenobia foi sumindo e ela sentiu as suas bochechas esquentando.

— Você pensou que, como a minha pele é marrom, o meu *père* não poderia ser branco?

Lenobia achou que ele parecia mais ter achado graça do que se ofendido, então ela arriscou dizer o que passava pela sua cabeça.

— Não, eu sei que um dos seus pais tinha que ser branco. O Comodoro chamou você de mulato, e a sua pele não é realmente marrom. É mais clara. Parece mais com creme com apenas um pouco de chocolate misturado — apenas para si mesma, Lenobia pensou: *A pele dele é mais bonita do que qualquer pele totalmente branca poderia ser.* Então ela sentiu de novo as suas bochechas esquentando.

— Quadrarão, *chérie* — Martin sorriu para os olhos dela.

— Quadrarão?

— *Oui,* sou eu. A minha *maman* foi a primeira *placée* de Rillieux. Ela era mulata.

— *Placée?* Não entendo.

— Homens brancos ricos se unem a mulheres de cor em *marriages de la main gauche.*

— Casamentos da mão esquerda?

— Significa casamentos que não são válidos pela lei, mas que são reais em Nova Orleans. Era o caso da minha *maman*, só que ela morreu logo depois do meu nascimento. Rillieux ficou comigo e eu fui criado pelos seus escravos.

— Você é um escravo?

— Não. Eu sou um crioulo. Um homem de cor livre. Eu trabalho para Rillieux – ele contou. Como Lenobia só ficou olhando para ele, tentando absorver tudo que ela havia aprendido, ele sorriu e disse: – Já que você está aqui, quer me ajudar a tratar dos cavalos ou vai sair correndo de volta para o seu quarto, como uma dama respeitável?

Lenobia empinou o queixo.

— Já que estou aqui... eu fico. E vou ajudá-lo.

A hora seguinte passou rapidamente. Os Percherões davam bastante trabalho, e Lenobia ficou ocupada trabalhando com Martin e conversando sobre nada pessoal, apenas discutindo sobre cavalos e os prós e contras do corte de caudas, apesar de ela não parar de pensar o tempo todo em *placées* e *marriages de la main gauche.*

Só quando Lenobia se preparava para ir embora, teve coragem de perguntar a Martin algo que não saía de sua mente.

— As *placées*... As mulheres podem escolher ou elas têm que ficar com qualquer um que as queira?

— Há vários tipos de pessoas, *chérie,* e muitos tipos de arranjos, mas, pelo que tenho visto, tem mais a ver com escolha e amor.

— Ótimo – Lenobia disse. – Fico feliz por elas.

— Você não teve escolha, não é, *chérie*? – Martin perguntou, encontrando o olhar dela.

– Eu fiz o que a minha mãe disse que eu devia fazer – ela respondeu sem mentir e então foi embora do compartimento de carga, junto com o aroma dos cavalos e a lembrança de olhos cor de azeitona que ficaram com ela durante o resto daquele dia longo e tedioso.

Aquilo que começou por acaso transformou-se em hábito, e algo que ela racionalmente pensava que era apenas por causa dos cavalos acabou virando a sua alegria – da qual ela precisava para atravessar aquela viagem interminável. Lenobia não podia esperar pela hora de ver Martin, de ouvir o que tinha a dizer, de conversar com ele sobre os seus sonhos e até os seus medos. Ela não tinha a intenção de confiar nele, de gostar dele, de se importar com ele, mas ela não podia evitar. Como poderia ser diferente? Martin era divertido, inteligente e bonito – muito bonito.

– Você está emagrecendo – ele disse no quinto dia.

– Do que você está falando? Eu sempre fui miúda – Lenobia parou por um momento de escovar a crina embaraçada de um dos capões e espiou Martin por trás do pescoço arqueado do animal. – Eu não estou muito magra – ela falou com firmeza.

— Está magra sim, *chérie* — ele passou por baixo do pescoço do capão e de repente estava ali, ao lado dela, perto, afetuoso e real. Ele pegou o pulso dela delicadamente, segurando-o de modo que o polegar e o indicador se encontraram facilmente. — Viu só? Você está pele e osso.

O toque dele a deixou em choque. Ele era alto e musculoso, mas gentil. Os seus movimentos eram lentos, estáveis, quase hipnóticos. Era como se cada pequeno gesto dele fosse deliberado para não assustá-la. Inesperadamente, ele a fez lembrar um Percherão. Com o polegar, acariciou a parte interna do seu pulso.

— Eu tenho que fingir que não quero comer — ela se ouviu confessando.

— Por quê, *chérie*?

— É melhor para mim se eu ficar afastada de todos, e o fato de eu estar enjoada me dá um motivo para ficar sozinha.

— De todos? Por que você não se afasta de mim? — ele perguntou corajosamente.

Apesar de sentir o seu coração quase saindo pela boca, ela soltou o próprio pulso do aperto suave dele e deu um olhar duro para Martin.

— Eu venho pelos cavalos, e não por você.

— Ah, *les chevaux*[16]. Claro — ele afagou o pescoço do capão, mas não sorriu como ela esperava nem brincou de novo. Em vez disso, ele apenas a olhou, como se pudesse ver a suavidade do seu coração através da sua dura fachada.

---

16 Os cavalos, em francês. (N.T.)

Ele não disse mais nada e apenas entregou para ela uma das escovas grossas que estavam em um balde próximo. – Ele gosta mais desta.

– Obrigada – ela agradeceu, pegou a escova e foi para o outro lado do corpo grande do capão.

Houve apenas um silêncio rápido e desconfortável, até que Lenobia ouviu a voz de Martin do outro lado do cavalo do qual ela estava cuidando.

– Então, *chérie*, qual história você prefere que eu conte hoje? Uma sobre como nada que se planta na terra escura da Nova França cresce mais alto do que estes *petite chevaux*, ou uma sobre as pérolas nos *tignons*[17] das belas *placées* e como as mulheres andam com eles pelas praças?

– Conte-me a história das mulheres... das *placées* – Lenobia pediu e então ficou escutando atentamente, enquanto as palavras de Martin desenhavam na sua imaginação as figuras de lindas mulheres que eram livres o bastante para escolherem quem iam amar, apesar de não serem livres o bastante para fazerem as suas uniões serem válidas perante a lei.

Na manhã seguinte, quando entrou apressada no compartimento de carga, ela já o encontrou tratando dos cavalos. Um naco grande de queijo e um pedaço de carne de porco quente e cheirosa no meio de duas fatias grossas de pão fresco estavam em cima de um tecido limpo perto dos barris de aveia. Sem olhar para ela, Martin disse:

---

17 Espécie de turbante que as mulheres negras da Louisiana eram obrigadas a usar. (N.T.)

— Coma, *chérie*. Você não precisa fingir perto de mim.

Talvez tenha sido naquela manhã que as coisas mudaram para Lenobia, e ela começou a pensar em ver Martin ao amanhecer em vez de visitar os cavalos ao amanhecer. Ou, mais precisamente, foi naquele dia que ela começou a admitir a mudança para si mesma.

E uma vez que tudo mudou, Lenobia começou a procurar por sinais de Martin que indicassem que ela era mais do que apenas sua amiga – mais do que *ma chérie*, a garota para quem ele trazia comida e que o importunava querendo ouvir histórias da Nova França. Mas tudo o que ela encontrou no seu olhar foi a familiar gentileza. Tudo o que escutou na sua voz foi paciência e humor. Uma ou duas vezes, achou ter percebido um vislumbre de algo mais, especialmente quando eles riam juntos e o verde-oliva dos seus olhos parecia faiscar com partículas castanhas e douradas, mas ele sempre desviava o olhar se ela o encarava por tempo demais, e ele sempre tinha uma história divertida para contar se os silêncios entre eles ficavam muito longos.

Apenas um pouco antes de a pequena paz e felicidade que ela encontrou se estilhaçarem e o mundo dela explodir, Lenobia finalmente encontrou coragem para fazer a pergunta que não a deixava dormir. Foi quando ela estava passando a mão em suas saias para limpá-las e sussurrando para o cavalo mais próximo um afetuoso *à bientôt*[18] que ela respirou fundo e disse:

— Martin, eu preciso te fazer uma pergunta.

---

18 Até logo, em francês. (N.T.)

— O que é, *chérie*? – ele respondeu distraído enquanto recolhia as escovas e os retalhos de linho que eles haviam usado para esfregas os cavalos.

— Você costuma me contar histórias sobre as mulheres como a sua *maman*... mulheres de cor que se tornaram *placées* e vivem com homens brancos como esposas. Mas e homens de cor vivendo com mulheres brancas? Existem homens *placées*?

Do lado de fora da baia, o olhar dele encontrou o dela, e Lenobia viu que ele ficou surpreso e depois que achou graça, e ela sabia que ele iria caçoar dela. Então, olhou sinceramente nos olhos dela, e a sua reação tornou-se sombria. Balançou a cabeça devagar de um lado para o outro. A voz dele soou aborrecida e os seus ombros largos pareceram desabar.

— Não, *chérie*. Não existem homens *placées*. O único jeito de um homem de cor viver com uma mulher branca é ele sair da Nova França e se passar por branco.

— Passar-se por branco? – Lenobia ficou sem fôlego com a própria coragem. – Você quer dizer fingir que você é branco?

— *Oui*, mas eu não, *chérie* – Martin estendeu o braço. Era longo, musculoso e, na luz do amanhecer que entrava pelo deque acima, parecia mais bronzeado do que marrom. – Esta pele é marrom demais para se passar por branca, e acho que não quero ser nada mais nem menos do que eu sou. Não, *chérie*. Eu estou feliz na minha própria pele – os olhares deles se encontraram e Lenobia tentou dizer a ele com os olhos tudo o que ela estava começando a desejar... tudo o que estava começando a querer. – Eu vejo uma tempestade nesses seus olhos cinzentos, *chérie*. Deixe essa tempestade de lado. Você é forte. Mas não é forte o bastante para mudar o modo como o mundo pensa... e mudar as coisas em que o mundo acredita.

Lenobia não respondeu até abrir a portinhola e sair da baia dos Percherões. Ela andou até Martin, alisou a sua saia e então levantou o rosto e olhou nos olhos dele.

— Nem no Novo Mundo? – a voz dela era quase um sussurro.

— *Chérie*, nós não falamos sobre isso, mas eu sei que você é uma *fille à la cassette*. Você está prometida para um grande homem. Não é verdade, *chérie*?

— É verdade. O nome dele é Thinton de Silegne – ela disse. – Ele é um nome sem rosto... sem corpo... sem coração.

— Mas ele é um nome com uma terra, *chérie*. Eu conheço o seu nome e a sua terra. A fazenda dele, Houmas, é como o paraíso.

— Não é o paraíso que eu quero, Martin. É só vo...

— Não! – ele a conteve, colocando um dedo sobre os lábios dela. – Você não pode falar isso. O meu coração é forte, mas não o bastante para lutar com as suas palavras.

Lenobia pegou a mão dele que estava em seus lábios e a segurou. Ela parecia quente e bruta, como se não houvesse nada que ele não pudesse derrotar ou defender com aquelas mãos.

— Eu só peço que o seu coração escute.

— Ah, *chérie*. O meu coração já escutou as suas palavras. O seu coração falou comigo. Mas isso é o mais longe que eles podem ir... só este silêncio entre nós fala.

— Mas... eu quero mais – ela afirmou.

– *Oui, mon petite chou*[19], eu também quero mais. Mas isso não pode acontecer. Cecile, não pode haver "nós".

Essa foi a primeira vez em que ele a chamou por aquele nome desde que ela começara a encontrá-lo ao amanhecer, e ao ouvir isso ela se assustou. Tanto que soltou a mão dele e deu um passo para trás, afastando-se dele.

*Ele pensa que eu sou Cecile, a filha legítima de um Barão. Devo contar a ele? Será que isso importa?*

– E-eu tenho que ir – ela se atrapalhou com as palavras, completamente abalada pelas camadas diferentes e conflitantes da sua vida. Lenobia começou a caminhar em direção à saída grande do porão de carga. Atrás dela, Martin falou.

– Você não vai voltar aqui de novo, *chérie*.

Lenobia olhou para ele por sobre o seu ombro.

– Você está dizendo que não quer que eu volte?

– Eu não poderia dizer essa mentira – ele respondeu.

Lenobia soltou um suspiro longo e trêmulo de alívio.

– Então, se você está perguntando se eu virei, a minha resposta é sim. Vou voltar aqui de novo. Amanhã. Ao amanhecer. Nada mudou.

Ela continuou andando em direção à saída e escutou o eco da voz dele a seguindo.

– Tudo mudou, *ma chérie*...

Os pensamentos de Lenobia estavam desordenados. Será que tudo havia mudado entre eles?

---

19 Literalmente, "chou" em francês significa couve ou repolho. Já *chou à la creme* é um doce como o profiterole. *Mon petite chou* é uma expressão carinhosa comum em francês, algo como "meu docinho" ou "minha querida". (N.T.)

*Sim. Martin disse que o coração dele ouviu as minhas palavras. Mas o que isso quer dizer?* Ela subiu pela escada estreita e entrou no corredor que saía do compartimento de carga, passava pelas cabines da tripulação e pelo acesso ao convés e terminava nas cabines das passageiras mulheres. Ela passou rápido pela porta das cabines da tripulação. Era um pouco mais tarde do que o horário em que ela normalmente voltava, e ouviu alguns sons da tripulação do lado de dentro se preparando para o dia. Nessa hora, deveria ter percebido que precisava tomar mais cuidado. Devia ter parado e escutado, mas tudo o que Lenobia podia ouvir era o som dos seus pensamentos respondendo à sua própria pergunta: *O que Martin quis dizer quando falou que o seu coração escutou as minhas palavras? Significa que ele sabe que eu o amo.*

*Eu o amo. Eu amo Martin.*

Foi quando ela admitiu isso a si mesma que o Bispo, com sua batina roxa ondulando ao redor dele, entrou no corredor a apenas dois passos diante dela.

– *Bonjour, mademoiselle* – ele disse.

Se Lenobia estivesse menos distraída, ela imediatamente teria abaixado a cabeça, feito uma reverência e escapado rapidamente para a segurança da sua cabine. Em vez disso, cometeu um erro terrível. Lenobia levantou o rosto e olhou para ele.

Os olhares deles se encontraram.

– Ah, é a jovem *mademoiselle* que tem passado tão mal durante toda a viagem – ele fez uma pausa e ela viu a confusão em seus olhos escuros. Ele inclinou a cabeça e franziu a testa enquanto a observava. – Mas eu pensei que você fosse a filha do Barão d'Auvergne... – ele perdeu a fala e arregalou os olhos ao reconhecê-la e compreender tudo.

– *Bonjour,* Padre – ela falou rapidamente, abaixou a cabeça, fez uma reverência e tentou se retirar, mas era tarde demais. O Bispo estendeu a mão como uma cobra e agarrou o seu braço.

– Eu conheço esse lindo rosto, que não é o de Cecile Marson de La Tour d'Auvergne, filha do Barão d'Auvergne.

– Não, por favor. Deixe-me ir, Padre – Lenobia tentou puxar o braço e se afastar dele, mas ele a estava segurando com uma força de ferro.

– Eu conheço o seu rosto lindo, lindo – ele repetiu. A surpresa dele transformou-se em um sorriso cruel. – Você é filha do Barão, mas é uma *fille de bas*[20]. Todo mundo perto do *Château* de Navarre sabe da frutinha suculenta que caiu do lado errado da árvore do Barão.

Filha bastarda... frutinha suculenta... lado errado... Aquelas palavras a abateram, enchendo-a de pavor. Lenobia começou a balançar a cabeça de um lado para o outro sem parar.

– Não, eu preciso voltar para a minha cabine. A Irmã Marie Madeleine deve estar sentindo a minha falta.

– De fato, eu tenho sentido.

---

20  Bastarda, em francês. (N.T.)

O Bispo e Lenobia se assustaram com a voz imponente da Irmã Maria Madeleine — ele se surpreendeu o bastante para que Lenobia conseguisse se soltar dele e saísse cambaleando pelo corredor em direção à freira.

— O que está acontecendo, Padre? — a Irmã Marie Madeleine perguntou. Mas antes que o Bispo respondesse, a freira tocou o queixo de Lenobia e disse: — Cecile, por que está tremendo tanto? Você passou mal de novo?

— Você a chama de Cecile? Também está envolvida nessa trapaça profana? — O Bispo parecia preencher todo o corredor enquanto o seu vulto crescia sobre as duas mulheres.

Claramente sem se intimidar, a Irmã Marie Madeleine deu um passo à frente, colocando-se entre Lenobia e o sacerdote.

— Eu não tenho ideia do que você está falando, Padre, mas você está amedrontando esta criança.

— Essa criança é uma impostora bastarda! — o Bispo bradou.

— Padre! Você ficou louco? — a freira disse, afastando-se para trás, como se ele fosse atingi-la.

— Você sabe de tudo? É por isso que a vem mantendo escondida durante toda a viagem? — o Bispo continuou a berrar. Lenobia podia ouvir o barulho das portas se abrindo atrás dela, e sabia que as outras garotas estavam vindo para o corredor. Ela não podia olhar para elas... não ia olhar para elas. — Ela é uma imitação barata! Eu vou excomungar vocês duas. O Santo Padre em pessoa vai saber disso!

Lenobia podia ver os olhares curiosos da tripulação enquanto o discurso do Bispo atraía cada vez mais atenção. E então, no final do corredor atrás do Bispo, Lenobia avistou o rosto assustado de Martin e viu que ele estava vindo em sua direção.

Já era terrível o fato de a Irmã Marie Madeleine estar ali, protegendo-a e acreditando nela. Ela não iria suportar se de algum modo Martin também entrasse na confusão que ela tinha feito da sua vida.

– Não! – Lenobia gritou, saindo de trás da Irmã Marie Madeleine. – Eu fiz isso sozinha. Ninguém sabia, ninguém! Principalmente a bondosa Irmã.

– O que a garota fez? – o Comodoro perguntou quando entrou no corredor, franzindo a testa para o Bispo e para Lenobia.

O Bispo abriu a boca para contar o pecado dela aos gritos, mas, antes que ele falasse, Lenobia confessou:

– Eu não sou Cecile Marson de La Tour d'Auvergne. Cecile morreu na manhã em que a carruagem foi buscá-la para levá-la até Le Havre. Eu sou outra filha do Barão d'Auvergne, sua filha bastarda. Assumi o lugar de Cecile sem ninguém no *château* saber porque eu queria uma vida melhor para mim – Lenobia sustentou firmemente o olhar da freira. – Eu sinto muito por ter mentido para a senhora, Irmã. Por favor, perdoe-me.

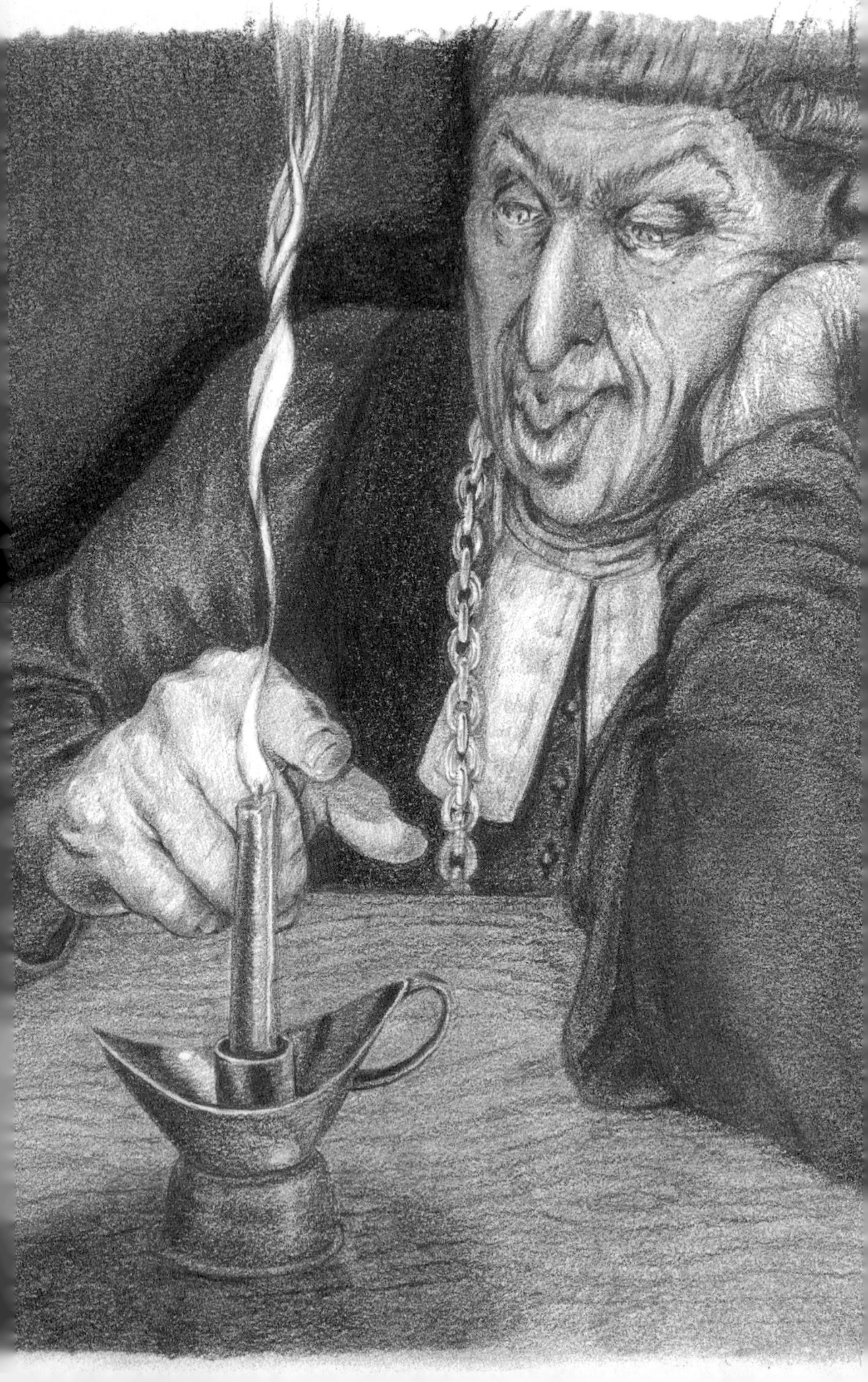

# Capítulo cinco

— Não, senhores, eu insisto que vocês deixem a garota comigo. Ela é uma *fille à la cassette* e, portanto, está sob a proteção das freiras Ursulinas — a Irmã Marie Madeleine se posicionou na entrada do quarto delas, segurando a porta metade fechada diante dela.

Ela havia dito para Lenobia ir imediatamente para sua cama e então tinha se preparado para enfrentar o Bispo e o Comodoro, que continuavam no corredor. O Bispo ainda estava gritando, com o rosto vermelho. O Comodoro parecia não saber como agir; aparentemente, hesitava entre a raiva e o humor. Quando a freira falou, ele encolheu os ombros e disse:

— Sim, bem, ela está sob sua responsabilidade, Irmã.

— Ela é uma bastarda e uma impostora! — o Bispo vociferou.

— Bastarda ela é; impostora, não mais — a freira respondeu com firmeza. — Ela admitiu o seu pecado e pediu perdão. Agora não é a nossa função, como bons católicos, perdoar e ajudar essa criança a encontrar o seu verdadeiro caminho na vida?

— Não é possível que você ache que eu vou permitir que essa bastarda se case com um nobre! – o Bispo afirmou.

— E não é possível que você acredite que eu iria me envolver em uma farsa e quebrar o meu voto de honestidade – a freira contra-atacou.

Lenobia pensou que ela podia sentir o calor da raiva do Bispo emanando do lado de fora do quarto.

— Então, o que você vai fazer com ela? – ele perguntou.

— Eu vou concluir o meu dever e cuidar para que ela chegue casta e segura em Nova Orleans. Dali em diante, o futuro dela vai depender do Conselho das Ursulinas e, é claro, da própria garota.

— Isso parece razoável – o Comodoro disse. – Venha, Charles, vamos deixar essas questões de mulheres para as mulheres resolverem. Eu tenho uma caixa de um vinho do Porto excelente que ainda não abrimos. Vamos prová-lo para verificar se ele aguentou a viagem até aqui – depois de dar um aceno com a cabeça para a freira, ele deu tapinhas no ombro do Bispo e foi embora.

O homem de batina roxa não seguiu o Comodoro imediatamente. Em vez disso, ele olhou por sobre a Irmã Marie Madeleine, na direção onde Lenobia estava sentada em seu catre, com os braços em volta de si mesma, e falou:

— O fogo sagrado de Deus destrói os mentirosos.

— Mas eu acho que o fogo sagrado de Deus não destrói crianças. Bom dia, Padre – a Irmã Marie Madeleine afirmou e então fechou a porta na cara do sacerdote.

O quarto estava tão silencioso que Lenobia podia ouvir a respiração ofegante de Simonette.

Lenobia encontrou o olhar da Irmã Marie Madeleine.

– Eu sinto muito – ela disse.

A freira levantou a mão.

– Em primeiro lugar, vamos começar com o seu nome. O seu nome verdadeiro.

– Lenobia Whitehall – por um momento, o alívio que sentiu por recuperar o seu nome obscureceu o medo e a vergonha, e ela conseguiu respirar fundo para se fortalecer. – Esse é o meu nome verdadeiro.

– Como você pôde fazer isso? Fingir que era uma pobre garota morta? – Simonette perguntou. Estava encarando Lenobia com olhos arregalados, como se ela fosse uma espécie de animal estranho e assustador recém-descoberto.

Lenobia se virou para a freira. A Irmã assentiu, dizendo:

– Todas vão querer saber. Responda agora e acabe logo com isso.

– Eu não fingi exatamente ser Cecile, mas simplesmente fiquei quieta – Lenobia olhou para Simonette, com seu vestido de seda enfeitado com pele, com pérolas e granadas cintilando ao redor do seu pescoço branco e delgado. – Você não sabe como é não ter nada... nenhuma proteção... nenhum futuro. Eu não queria ser Cecile. Eu só queria ficar segura e feliz.

– Mas você é uma bastarda – disse Aveline de Lafayette, a bela loira que era a filha mais nova do Marquês de Lafayette. – Você não merece a vida de uma filha legítima.

— Como você pode acreditar nesse absurdo? — Lenobia a questionou. — Por que um nascimento por acaso deve determinar o valor de uma pessoa?

— Deus determina o nosso valor — afirmou a Irmã Marie Madeleine.

— E que eu saiba, você não é Deus, *mademoiselle* — Lenobia disse para a jovem Lafayette.

Aveline arfou.

— Essa filha de uma prostituta não vai falar assim comigo!

— A minha mãe não é uma prostituta! Ela é uma mulher que era bela e ingênua demais!

— É claro que você ia dizer isso, mas nós já sabemos que você é uma mentirosa — Aveline de Lafayette segurou as suas saias. Passou rápido por Lenobia, dizendo: — Irmã, eu não vou dividir o quarto com uma *fille de bas*.

— Chega! — a voz ríspida da freira fez até a arrogante Lafayette parar. — Aveline, no convento das Ursulinas, nós educamos mulheres. Não fazemos distinção de classe ou de raça. O que importa é que tratemos todos com honestidade e respeito. Lenobia acabou de ser honesta conosco. Nós vamos retribuir isso com respeito — a freira voltou-se para Lenobia. — Eu posso ouvir a confissão do seu pecado, mas não posso absolvê-la. Para isso você precisa de um padre.

Lenobia encolheu os ombros.

— Eu não vou me confessar ao Bispo.

A expressão de Marie Madeleine se suavizou.

– Comece confessando-se a Deus, minha filha. Depois, o nosso bondoso Padre Pierre vai ouvir a sua confissão no convento quando chegarmos – ela desviou o olhar de Lenobia e mirou cada uma das outras garotas no quarto. – O Padre Pierre pode ouvir as confissões de todas, pois somos todos seres imperfeitos que precisam de absolvição – ela voltou-se de novo para Lenobia. – Minha filha, você pode vir comigo até o convés, por favor?

Lenobia assentiu em silêncio e seguiu a Irmã até lá em cima. Elas percorreram o curto caminho até a popa do navio e pararam ao lado do parapeito negro e das imagens ornamentadas de querubins esculpidos que decoravam a parte de trás do *Minerva*. Ficaram ali em silêncio por alguns momentos, cada mulher observando o mar e guardando os seus próprios pensamentos. Lenobia sabia que o fato de ter sido descoberta como uma impostora iria mudar a sua vida, provavelmente para pior, mas ela não podia deixar de sentir uma ligeira sensação de alívio – de que estava livre da mentira que a estava assombrando.

– Eu odiava a mentira – ela se ouviu dizendo o seu pensamento em voz alta.

– Fico feliz de escutar isso. Você não parece uma garota falsa para mim – Marie Madeleine voltou o seu olhar para Lenobia. – Conte-me a verdade, ninguém mais sabia do seu ardil?

Lenobia não estava esperando aquela pergunta. Ela desviou os olhos, sem conseguir dizer a verdade e sem querer contar outra mentira.

– Ah, entendo. A sua *maman*, ela sabia – Marie Madeleine afirmou, sem ser rude. – Não importa, o que está feito não pode ser desfeito. Não vou perguntar sobre isso novamente.

– Obrigada, Irmã – Lenobia falou em voz baixa.

A freira fez uma pausa, e então continuou com um tom de voz mais severo.

– Você deveria ter me procurado quando viu o Bispo pela primeira vez, em vez de fingir que estava se sentindo mal.

– Eu não sabia o que a senhora iria fazer – Lenobia respondeu com sinceridade.

– Eu não sei ao certo como reagiria, mas com certeza teria feito tudo o que estava ao meu alcance para impedir um confronto feio com o Bispo, como o que tivemos hoje – o olhar da freira era aguçado e claro. – O que há entre vocês dois?

– Nada da minha parte! – Lenobia disse rapidamente. Então suspirou e acrescentou: – Algum tempo atrás, a minha *maman*, que é bastante religiosa, disse que nós não iríamos mais à missa. Ela decidiu me manter em casa. Isso não evitou que o Bispo fosse ao *château*... não impediu que os olhos dele ficassem me procurando.

– O Bispo tirou a sua virgindade?

– Não! Ele não me tocou. Ainda sou virgem.

Marie Madeleine fez o sinal da cruz.

– Graças à Nossa Mãe Santíssima – a freira soltou um longo suspiro. – O Bispo é uma preocupação para mim.

Ele não é o tipo de homem que eu gostaria de ver na Catedral de Saint Louis. Mas às vezes os caminhos de Deus são insondáveis, difíceis de compreender. A viagem vai terminar daqui a algumas semanas, e quando nós estivermos em Nova Orleans o Bispo vai ter muitos deveres que vão mantê-lo ocupado, sem pensar em você. Então, nós precisamos mantê-la afastada dos olhares dele apenas por algumas semanas.

– Nós?

Marie Madeleine ergueu as sobrancelhas.

– As freiras Ursulinas são servas da Nossa Mãe Santíssima, e Ela não iria querer que eu ficasse à toa enquanto uma das Suas filhas é abusada, nem mesmo por um Bispo – ela se esquivou dos agradecimentos de Lenobia. – Você vai ser esperada para o jantar agora que foi descoberta. Isso não pode ser evitado, sem despertar mais zombaria e desdém.

– Zombaria e desdém são menos ofensivos do que os olhares do Bispo – Lenobia afirmou.

– Não. Isso a torna mais vulnerável a ele. Você vai jantar conosco. Apenas não chame atenção. Mesmo sendo quem é, ele não pode fazer nada na frente de todos nós. Exceto nessas ocasiões, apesar de eu ter quase certeza de que está cansada de fingir indisposição e de ficar em seu quarto, você deve ficar longe da vista de todos.

Lenobia limpou a garganta, empinou o queixo e se arriscou:

— Irmã, há várias semanas eu tenho saído do nosso quarto antes do amanhecer e voltado antes de a maioria do navio acordar.

A freira sorriu.

— Sim, minha filha. Eu sei.

— Oh. Eu pensei que a senhora estivesse rezando.

— Lenobia, acho que você vai descobrir que eu e muitas das minhas boas Irmãs somos capazes de pensar e rezar ao mesmo tempo. Eu realmente aprecio a sua honestidade. Para onde você costuma ir?

— Até aqui em cima. Bem, na verdade, até lá — Lenobia apontou para uma parte escura do convés, onde ficavam os barcos salva-vidas. — Eu assisto ao nascer do sol e ando um pouco por ali. E depois eu vou até o porão de carga.

Marie Madeleine piscou surpresa.

— Até o porão de carga? Para quê?

— Cavalos — Lenobia disse. *Eu estou dizendo a verdade,* ela racionalizou. *Os cavalos me atraíram para lá.* — Uma parelha de Percherões. Eu gosto muito de cavalos, e sou boa com eles. Posso continuar a visitá-los?

— Você alguma vez viu o Bispo nas suas saídas ao amanhecer?

— Nunca, hoje foi a primeira vez, e isso só aconteceu porque eu fiquei lá muito tempo depois do amanhecer.

A freira encolheu os ombros.

— Desde que você tome cuidado, não vejo motivo para prendê-la na cabine mais do que o absolutamente necessário. Mas tome muito cuidado, minha filha.

— Vou tomar. *Merci beaucoup,* Irmã — impulsivamente, Lenobia atirou seus braços em volta da freira e a abraçou. Após um breve momento, braços fortes e maternais retribuíram o abraço, e a freira acariciou o seu ombro.

— Não se preocupe, minha filha — a Irmã Marie Madeleine murmurou, consolando-a. — Boas garotas católicas estão em falta em Nova Orleans. Nós vamos encontrar um marido para você, não tenha medo.

Tentando não pensar em Martin, Lenobia sussurrou:

— Eu preferia que vocês encontrassem um modo de eu ganhar a vida.

A freira ainda estava rindo quando elas começaram a voltar para a cabine das mulheres.

Na sala privativa do Comodoro, bem abaixo do local onde Lenobia e Marie Madeleine haviam conversado, o Bispo Charles de Beaumont estava parado junto à janela aberta em um silêncio tumular, imóvel feito uma estátua. Quando o Comodoro voltou da cozinha com duas garrafas empoeiradas de vinho do Porto embaixo dos seus braços carnudos, Charles mostrou interesse em saber o ano e a vinícola. Ele fingiu apreciar aquele vinho rico, mas, em vez disso, bebeu rapidamente sem saboreá-lo, pois precisava apagar a chama de ódio que queimava tão intensamente dentro dele, enquanto pedaços da conversa que ele havia escutado por acaso ferviam na sua mente: *O que há entre vocês dois? O Bispo tirou a sua virgindade? Zombaria e desdém são menos ofensivos do que os olhares do Bispo. Mas tome muito cuidado, minha filha.*

O Comodoro ficou se vangloriando a respeito de marés, estratégias de batalha e outros assuntos banais, e a raiva de Charles, amortecida pelo vinho, começou a cozinhar lentamente num caldo de ódio, luxúria e fogo... sempre o fogo.

O jantar teria sido um desastre se não fosse pela Irmã Marie Madeleine. Simonette era a única garota que conversava com Lenobia. Mas a garota de quinze anos começava a falar e em seguida parava – tão sem jeito que parecia se esquecer toda hora de que não deveria mais gostar de Lenobia.

Lenobia se concentrou na sua comida. Ela imaginara que iria ser um paraíso conseguir comer uma refeição completa, mas o olhar quente do Bispo a fez se sentir tão mal e com tanto medo que acabou empurrando para o lado do prato a maior parte do delicioso robalo e das batatas na manteiga.

Mas a Irmã Marie Madeleine fez tudo dar certo. Ela manteve o Comodoro entretido em uma discussão sobre a ética da guerra que incluía o Bispo e as suas opiniões eclesiásticas. Ele não podia ignorar a freira – não quando ela estava mostrando tanto interesse na opinião do Bispo. E em muito menos tempo do que Lenobia esperava, a Irmã estava pedindo licença para se retirar.

– Tão cedo, madame? – o Comodoro piscou para ela com olhos turvos e o rosto corado pelo vinho do Porto. – Eu estava gostando tanto da nossa conversa!

– Perdoe-me, caro Comodoro, mas eu gostaria de ir enquanto ainda há um pouco de luz no céu da noite. Eu e as *mademoiselles* precisamos muito dar umas voltas pelo convés.

As *mademoiselles,* obviamente chocadas com a proposta da freira, olharam para ela com diferentes graus de surpresa e horror.

– Andar? Pelo convés? E por que você quer fazer isso, Irmã? – o Bispo perguntou com uma voz áspera.

A freira sorriu calmamente para o Bispo.

– *Oui*, acho que nós estamos confinadas em nossos quartos há tempo demais – então ela voltou a sua atenção para o Comodoro. – Você não falou diversas vezes sobre os benefícios do ar marinho para a saúde? E olhe para você, *monsieur*, um homem tão grande e forte. Nós vamos fazer bem em imitar os seus hábitos.

– Ah, é verdade, é verdade – o peito enorme do Comodoro se inflou ainda mais.

– Excelente! Então, com a sua permissão, vou recomendar que as garotas e eu façamos caminhadas frequentes pelo navio, em diferentes horários do dia. Todas nós precisamos cuidar da saúde e, agora que os resquícios de enjoo do mar se dissiparam, não há nada para nos segurar em nossos quartos – Marie Madeleine disse a última frase com um olhar rápido e intencional para Lenobia e depois voltou-se para o Comodoro, com uma expressão de pesar, como que incluindo-o no seu desconforto com o comportamento da garota. Lenobia achou que a Irmã Marie Madeleine foi simplesmente brilhante.

– Muito bem, madame. Ótima ideia, realmente boa. Você não acha, Charles?

– Acho que a bondosa Irmã é uma mulher muito sábia – foi a resposta astuta do Bispo.

– É gentileza da sua parte, Padre – Marie Madeleine falou. – E não se assuste conosco, já que, de agora em diante, você nunca vai saber onde cada uma de nós pode estar!

– Vou me lembrar disso. Vou me lembrar – de repente, a expressão severa do Bispo se alterou e ele piscou surpreso. – Irmã, acabei de ter uma ideia que, tenho certeza, foi inspirada no seu anúncio ambicioso de tomar conta do navio.

– Mas, Padre, eu não quis...

O Bispo gesticulou para refutar os protestos dela.

– Ah, eu sei que você não quer fazer nenhum mal, Irmã. Como eu estava dizendo, pensei que seria bastante agradável mudar o seu altar à Virgem Maria para o convés, talvez logo acima de nós, no espaço coberto da popa. Talvez a tripulação queira participar das suas devoções diárias. – Ele curvou-se para o Comodoro e acrescentou: – Se o tempo e as obrigações deles permitirem, é claro.

– É claro... é claro – repetiu o Comodoro.

– Bem, com certeza eu posso fazer isso. Desde que o tempo continue bom – Marie Madeleine disse.

– Obrigado, Irmã. Considere isso um favor pessoal para mim.

– Então muito bem. Sinto que nós realizamos bastante esta noite – a freira falou com entusiasmo. – *Au revoir, monsieurs. Allons-y, mademoiselles* – ela concluiu e então saiu com o seu grupo do aposento.

Lenobia sentiu o olhar do Bispo até a porta se fechar, bloqueando a visão que ele tinha dela.

– Bem, então, vamos andar um pouco? – sem esperar por uma resposta, Marie Madeleine caminhou decididamente até a pequena escada que levava ao convés, onde ela inspirou profundamente e encorajou as garotas, falando "andem por aí" e "estiquem as suas pernas jovens".

Quando Lenobia passou pela freira, ela perguntou em voz baixa:

— O que será que ele quer com a Virgem Maria?

— Não tenho a menor ideia — Marie Madeleine respondeu. — Mas certamente não vai fazer mal à Nossa Mãe Santíssima mudar para um deque acima. — Ela fez uma pausa, sorriu para Lenobia e acrescentou: — Assim como não vai fazer mal nenhum para nós.

— Pelo que a senhora fez hoje, Irmã, *merci beaucoup*.

— De nada, Lenobia.

O Bispo pediu licença ao Comodoro e o deixou com o seu vinho do Porto. Ele se retirou para o seu pequeno dormitório, sentou-se na escrivaninha e acendeu um castiçal fino e comprido. Enquanto os seus dedos acariciavam a chama, ele pensou na garota bastarda.

No começo, havia ficado enfurecido e chocado com a farsa dela. Mas depois, quando ele a observou melhor, o seu ódio e a sua surpresa misturaram-se para formar uma emoção muito mais profunda.

Charles havia se esquecido da beleza da garota, apesar de as muitas semanas de celibato forçado a bordo daquele maldito navio terem algo a ver com o efeito dela sobre ele.

– Não – ele falou para a chama. – É mais do que a falta de uma companheira de cama o que a torna desejável.

A garota estava ainda mais atraente do que ele se lembrava, apesar de ela ter perdido peso. Isso era uma pena, mas facilmente reparável. Ele a preferia mais macia, mais cheinha, mais suculenta, e iria se certificar de que ela comeria bem – quisesse ela ou não.

– Não – ele repetiu. – *Há* algo mais – eram aqueles olhos. Aquele cabelo. Os olhos dela ardiam em combustão lenta, fumegavam. O Bispo podia ver que eles o chamavam, mesmo que ela tentasse negar aquela atração.

O cabelo era platinado, feito metal testado pelo fogo, endurecido e então forjado para se transformar em algo mais do que era antes.

– E ela não é uma verdadeira *fille à la cassette*. Ela nunca vai ser a noiva de um cavalheiro francês. Na verdade, tem sorte de ter chamado a minha atenção. Ser a minha amante é mais, muito mais do que ela pode esperar para o seu futuro.

*Zombaria e desdém são menos ofensivos do que os olhares do Bispo.* Ele se lembrou das palavras dela, mas não se permitiu ficar com raiva.

— Ela vai ter que ser persuadida. Não importa. Eu prefiro quando elas têm um pouco de personalidade.

Ele passou os dedos várias vezes por entre as chamas, absorvendo calor, mas sem se queimar.

Seria bom fazer da garota a sua amante antes que eles chegassem a Nova Orleans. Assim aquelas Ursulinas pretensiosas não teriam motivo para reclamar. Com uma virgem, elas poderiam se importar — mas uma bastarda deflorada que se tornou amante de um Bispo estaria fora da sua proteção e do seu alcance.

Mas primeiro ele precisava fazer com que ela fosse sua, e para isso ele precisava silenciar aquela maldita freira.

A sua mão livre se fechou sobre a cruz de rubi pendurada sobre o meio do seu peito, e a chama tremulou freneticamente.

Era só a proteção da freira que estava impedindo a bastarda de ser o seu brinquedinho pelo resto da viagem e depois — só a freira poderia despertar a ira da igreja contra ele. As outras garotas eram irrelevantes. Elas não iriam nem pensar em se opor a ele, muito menos em depor contra ele para qualquer autoridade. O Comodoro não se importava com nada, exceto com uma viagem suave e com o seu vinho. Desde que Charles não a violentasse na frente do comandante, ele provavelmente iria demonstrar apenas um interesse indulgente pelo assunto, embora talvez ele próprio quisesse usar a garota.

A mão do Bispo que estava acariciando a chama se fechou em punho. Ele não compartilhava as suas posses.

– Sim, eu vou ter que me livrar da freira – Charles sorriu e relaxou a mão, começando a brincar com a chama novamente. – E eu já dei alguns passos para apressar o seu fim precoce. É uma pena que o hábito que ela veste seja tão volumoso e tão inflamável. Sinto que um terrível acidente pode acontecer com ela...

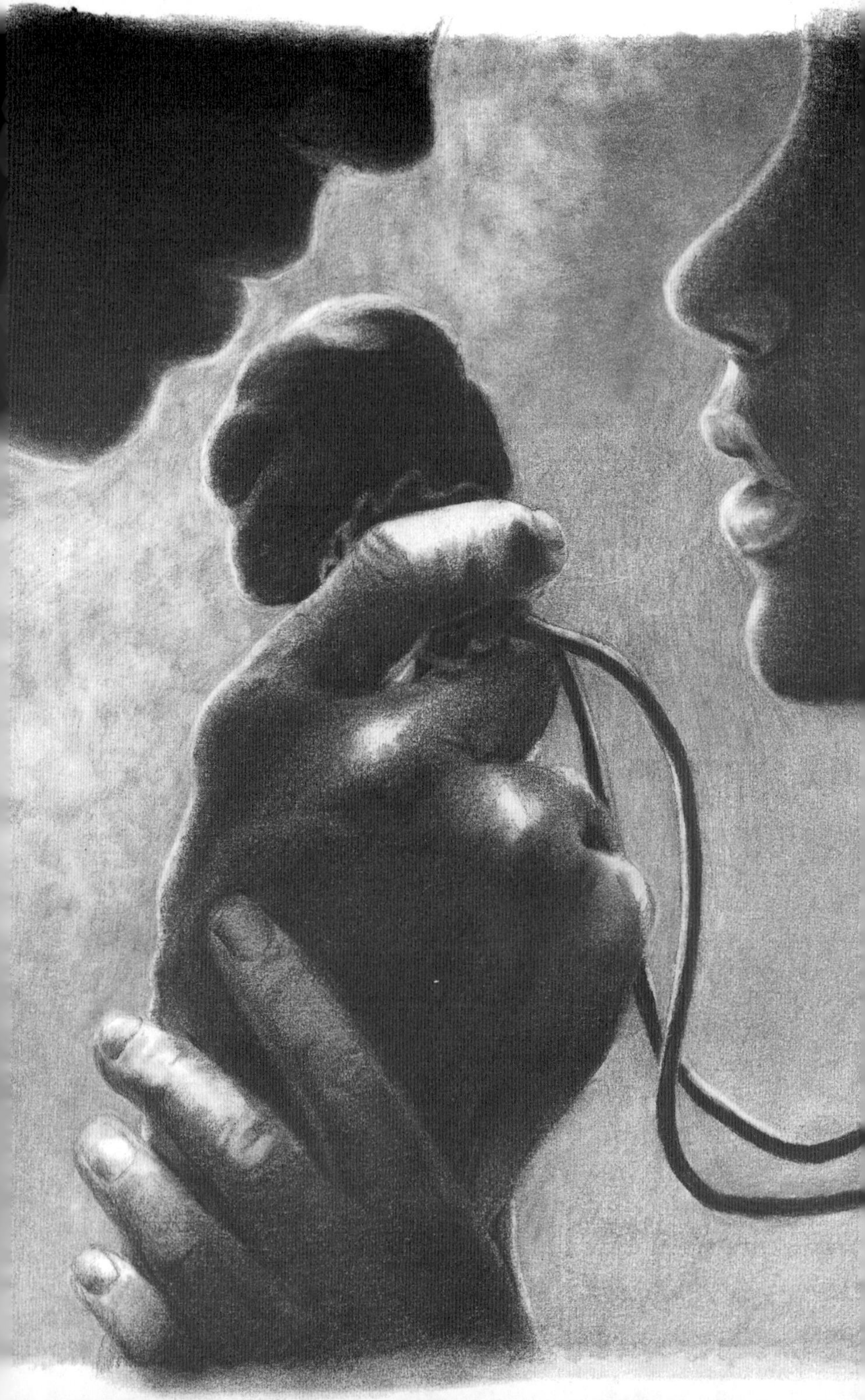

# Capítulo seis

Parecia que o amanhecer não chegava nunca para Lenobia. Finalmente, quando o céu através da sua janela começou a ficar vermelho, a garota decidiu que não podia mais esperar. Ela quase saiu correndo pela porta, parando apenas porque a voz de Marie Madeleine a advertiu:
— Tome cuidado, minha filha. Não fique tempo demais com os cavalos. Ficar longe da vista do Bispo significa se distanciar da mente dele também.
— Vou tomar cuidado, Irmã — Lenobia assegurou antes de desaparecer pelo corredor. Ela realmente assistiu ao nascer do sol, apesar de os seus pensamentos já estarem alguns deques abaixo. Antes de a esfera laranja ter saído completamente detrás da linha do horizonte, Lenobia já estava descendo apressada e silenciosamente as escadas.
Martin já estava lá, sentado em um fardo de feno, olhando na direção por onde ela normalmente entrava no porão de carga. Os cavalos cinzentos relincharam para Lenobia, o que a fez sorrir. Então ela olhou para Martin e o seu sorriso se desvaneceu.

A primeira coisa que Lenobia notou foi que ele não havia trazido para ela um sanduíche de bacon e queijo. Em seguida, ela reparou na ausência de expressão em seu rosto. Até os seus olhos pareciam mais escuros e sóbrios. De repente, ele era um estranho.

— Como eu chamo você? — a sua voz era tão sem emoção quanto o seu rosto.

Ela ignorou o jeito estranho dele e aquela sensação horrível na boca do estômago e falou com Martin como se ele estivesse perguntando qual escova deveria usar nos cavalos, como se não houvesse nada errado.

— O meu nome é Lenobia, mas eu gosto quando você me chama de *chérie*.

— Você mentiu para mim — o tom de voz de Martin acabou com o fingimento de Lenobia, e ela sentiu o primeiro arrepio de rejeição passar pelo seu corpo.

— Não de propósito. Eu não menti para você de propósito — os olhos dela imploraram para que ele entendesse.

— Uma mentira é sempre uma mentira — ele disse.

— Está bem. Você quer saber a verdade?

— Você consegue dizer a verdade?

Ela sentiu como se ele tivesse lhe dado um tapa na cara.

— Pensei que você me conhecesse.

— Eu também pensei. E achei que você confiava em mim. Talvez eu tenha errado duas vezes.

— Eu realmente confio em você. O motivo pelo qual eu não contei que estava fingindo ser Cecile é que, quando estava com você, eu era quem sou de verdade. Não houve fingimento entre nós. Só havia eu, você e os cavalos – ela piscou com força para segurar as lágrimas e deu alguns passos na direção dele. – Eu não mentiria para você, Martin. Ontem foi a primeira vez em que você me chamou pelo nome dela, Cecile. Você se lembra de como eu fui embora rápido? – Ele assentiu. – Isso porque eu não sabia o que fazer. Naquela hora, eu lembrei que deveria fingir que era outra pessoa, até para você.

Houve um longo silêncio, e então ele perguntou:

– Você teria me contado?

Lenobia não hesitou. Ela falou com o seu coração, direto para o coração dele:

– Sim. Eu teria te contado o meu segredo quando disse que te amava.

O rosto dele ganhou vida novamente e Martin deu alguns passos, acabando com a pequena distância que os separava.

– Não, *chérie*. Você não pode me amar.

– Não posso? Eu já amo.

– É impossível – Martin estendeu o braço, pegou a mão dela e a levantou com delicadeza. Então ele levantou o próprio braço, alinhando-o lado a lado com o braço dela, pele com pele. – Você vê a diferença, não vê?

– Não – ela disse baixinho, olhando para os braços encostados dos dois, para os corpos dos dois. – Tudo o que eu vejo é você.

— Veja com os seus olhos, e não com o seu coração. Veja o que os outros vão enxergar!

— Os outros? Por que você se preocupa com o que os outros vão enxergar?

— O mundo importa, talvez mais do que você possa compreender, *chérie*.

Ela encontrou o olhar dele.

— Então você se importa mais com o que os outros pensam do que com o que nós sentimos, você e eu?

— Você não entende.

— Eu entendo o suficiente! Eu entendo como me sinto quando estamos juntos. O que mais eu preciso entender?

— Muito, muito mais — ele soltou a mão dela e se virou, andando rapidamente até a baia para ficar ao lado de um dos cavalos cinzentos que observavam a cena.

Ela falou para as costas dele.

— Eu disse que não mentiria para você. A recíproca é verdadeira?

— Eu não vou mentir para você — ele respondeu sem se virar para olhá-la.

— Você me ama? Diga a verdade, Martin, por favor.

— A verdade? Que diferença faz a verdade em um mundo como este?

— Faz toda a diferença para mim — ela afirmou.

Ele se virou e ela viu que o rosto dele estava molhado de lágrimas silenciosas.

— Eu te amo, *chérie*. Sinto que isso vai me matar, mas eu te amo.

Parecia que o coração dela estava voando quando Lenobia foi até seu lado e entrelaçou seus dedos aos dele.

— Eu não estou mais prometida a Thinton de Silegne — ela levantou a mão para enxugar as lágrimas do rosto dele.

Ele tocou a mão dela e a pressionou contra o seu rosto.

— Mas eles vão encontrar um novo marido para você. Alguém que se importe mais com a sua beleza do que com o seu nome — enquanto falava, ele fez uma careta, como se as suas próprias palavras o ferissem.

— Você! Por que não pode ser você? Eu sou uma bastarda... Com certeza, uma bastarda pode se casar com um crioulo.

Martin deu uma risada sem humor.

— *Oui, chérie*. Uma bastarda pode se casar com um crioulo, desde que a bastarda seja negra. Se ela for branca, eles não podem se casar.

— Então eu não me importo em me casar! Eu só me importo em ficar com você.

— Você é tão jovem — ele disse carinhosamente.

— Você também; não deve ter nem vinte anos.

— Vou fazer vinte e um no mês que vem, *chérie*. Mas por dentro eu sou mais velho, e eu sei que nem o amor pode mudar o mundo. Pelo menos, não a tempo para nós dois.

— Tem que poder. Eu vou fazer isso acontecer.

— Sabe o que eles podem fazer com você, este mundo que você acha que pode ser mudado pelo amor? Se descobrirem que me ama, que se entregou a mim, eles vão enforcá-la. Ou pior: eles vão estuprá-la e depois enforcá-la.

— Eu vou lutar contra eles. Para ficar com você, eu vou me levantar contra o mundo.

— Eu não quero isso para você! *Chérie*, eu não vou ser a causa de nenhum mal a você!

Lenobia deu um passo para trás, saindo do alcance dele.

— Minha *maman* me disse que eu tinha que ser corajosa. Que eu tinha que me transformar em uma garota que estava morta, para que eu pudesse viver uma vida sem medo. Então fiz essa coisa terrível que eu não queria fazer... Eu menti e tentei assumir o nome e a vida de outra pessoa — enquanto ela falava, era como se uma mãe sábia estivesse sussurrando ao seu ouvido, guiando os seus pensamentos e as suas palavras. — Tive medo, tanto medo, Martin. Mas eu sabia que tinha que ser corajosa por ela, e então de algum modo isso mudou e me tornei corajosa por mim. E agora quero ser corajosa por você, por nós.

— Isso não é ser corajosa, *chérie* — ele falou com tristeza nos seus olhos verde-oliva, com os ombros caídos. — Isso é apenas ser juvenil. Você e eu... o nosso amor pertence a outra época, a outro lugar.

— Então você nos nega?

— O meu coração não pode fazer isso, mas a minha mente diz "mantenha-a em segurança, não deixe que o mundo

a destruí" – ele deu um passo na direção dela, mas Lenobia colocou os braços em volta de si mesma e deu um passo para trás, afastando-se dele. Ele balançou a cabeça tristemente.
– Você deve ter filhos, *chérie*. Filhos que não precisem fingir ser brancos. Acho que você sabe um pouco como é ter que fingir, não sabe?

– O que eu sei é que eu prefiro mil vezes ter que fingir a negar o meu amor por você. Sim, eu sou jovem, mas madura o bastante para saber que um amor unilateral não pode dar certo. – Como ele não disse nada, ela passou as costas da mão nervosamente sobre o rosto, enxugando suas lágrimas, e continuou: – Eu deveria ir embora, não voltar mais e passar o resto da viagem em qualquer lugar, menos aqui embaixo.

– *Oui, cherie.* Você deve.

– É isso o que você quer?

– Não, eu sou um idiota. Não é o que eu quero.

– Bem, então nós dois somos idiotas – ela passou por ele e pegou uma das escovas de cavalo. – Eu vou tratar desses cinzentos. Depois, vou alimentá-los. Daí eu vou voltar para a minha cabine e esperar até que o amanhecer de amanhã me liberte. Então eu vou fazer a mesma coisa, dia após dia – ela entrou na baia e começou a escovar o cavalo mais próximo.

Ainda do lado de fora da baia, ele a observou com aqueles olhos verde-oliva que ela achou que pareciam tristes e muito, muito velhos.

— Você é corajosa, Lenobia. E forte. E boa. Quando for uma mulher adulta, você vai se levantar contra a escuridão do mundo. Eu sei disso quando vejo os seus olhos de nuvens de tempestade. Mas, *ma belle*[21], escolha batalhas que você possa vencer sem perder o seu coração e a sua alma.

— Martin, eu deixei de ser uma menina quando assumi o lugar de Cecile. Eu sou uma mulher adulta e gostaria que você entendesse isso.

Ele suspirou e concordou.

— Você está certa. Eu sei que é uma mulher, mas não sou o único que sabe disso. *Chérie,* hoje eu escutei conversas dos criados do Comodoro. Aquele Bispo não tirou os olhos de você durante todo o jantar.

— A Irmã Marie Madeleine e eu já falamos sobre isso. Vou ficar longe da vista dele o máximo possível — ela encontrou o olhar dele. — Você não precisa se preocupar comigo. Nos últimos dois anos, venho evitando o Bispo e homens como ele.

— Pelo que tenho visto, não há muitos homens como o Bispo. Sinto que alguma coisa ruim o acompanha. Acho que o *bakas* do Bispo se volta contra ele.

— *Bakas?* O que é isso? — Lenobia parou de escovar o cavalo cinzento e se recostou no seu dorso amplo enquanto Martin explicava.

— Pense em *bakas* como uma espécie de apanhador de almas, que pega dois tipos de almas: superiores e inferiores. O

---

21 Minha bela, em francês. (N.T.)

equilíbrio é o melhor para um *bakas*. Todos temos o bem e o mal dentro de nós, *chérie*. Mas se a pessoa que usa o *bakas* está desequilibrada, se ela fizer o mal, então o *bakas* se volta contra ela e o mal é libertado, é terrível de ver.

– Como você sabe disso tudo?

– Minha *maman*, ela veio do Haiti, junto com muitos escravos do meu pai. Eles seguem a velha religião. Eles me criaram. Eu também a sigo – ele encolheu os ombros e sorriu para a expressão de olhos arregalados dela. – Eu acredito que todos nós viemos do mesmo lugar e que vamos voltar para lá algum dia também. Só há muitos nomes diferentes para esse lugar porque há muitos tipos diferentes de pessoas.

– Mas o Bispo é um sacerdote católico. Como ele pode saber sobre uma velha religião do Haiti?

– *Chérie*, você não precisa ter ouvido falar sobre uma coisa para senti-la ou para conhecê-la. Os *bakas* são reais, e às vezes eles encontram quem os use. Aquele rubi que o Bispo usa no pescoço, aquilo é um *bakas*, pelo que eu conheço.

– É uma cruz de rubi, Martin.

– Também é um *bakas*, e um que se voltou para o mal, *chérie*.

Lenobia teve um calafrio.

– Ele me assusta, Martin. Sempre me assustou.

Martin foi até ela e colocou a mão por baixo da sua própria camisa, puxando um longo colar de couro amarrado a uma pequena bolsa de couro tingida de um bonito azul safira. Ele tirou o colar de seu pescoço e o colocou ao redor do dela.

— Este *gris-gris*²² a protege, *chérie*.

Lenobia passou os dedos pela bolsinha.

— O que há dentro dela?

— Eu a usei por quase toda a minha vida e não sei ao certo. Sei que há treze coisas pequenas aí dentro. Antes de morrer, minha mãe *maman* fez esse *gris-gris* para me proteger. Funcionou para mim – Martin pegou a pequena bolsa que ela estava segurando. Olhando profundamente nos olhos dela, ele levou a bolsinha aos seus lábios e a beijou. – Agora vai funcionar para você – então, devagar e deliberadamente, ele enganchou um dedo no tecido da frente do seu corpete e o puxou com delicadeza, de modo que a roupa se afastasse do corpo dela. Ele soltou a pequena bolsa do lado de dentro, onde ela se se encostou ao peito de Lenobia, um pouco acima do rosário de sua mãe. – Use isso perto do seu coração, *chérie*, e o poder do povo da minha *maman* nunca vai estar longe de você.

A proximidade dele fazia com que ela tivesse dificuldade de respirar. Quando ele a soltou, Lenobia pensou que ela sentira o afeto do seu beijo através da bolsinha cor de safira.

— Já que você me deu o seu amuleto de proteção da sua mãe, então eu tenho que substituí-lo pelo da minha mãe – ela tirou o rosário do pescoço e o estendeu para ele.

Ele sorriu e se inclinou para que ela pudesse colocá-lo nele. Então Martin segurou uma conta e a observou.

---

22 Amuleto africano. (N.T.)

— Rosas esculpidas em madeira. Você sabe para que o povo da minha *maman* usa o óleo de rosas, *chérie*?

— Não — ela ainda estava sem fôlego por causa da proximidade dele e da intensidade do seu olhar.

— O óleo de rosas faz feitiços de amor poderosos — os cantos dos lábios dele se curvaram em um sorriso. — Você está tentando me enfeitiçar, *chérie*?

— Talvez — Lenobia respondeu. Os olhares deles se encontraram e se fixaram um no outro.

Então o capão esbarrou em Lenobia levemente e bateu a pata enorme no chão, impaciente por ela ainda não ter terminado de escová-lo.

A risada de Martin cortou a tensão que estava crescendo entre eles.

— Acho que eu tenho concorrentes pela sua atenção. Os cavalos não querem compartilhar você comigo.

— Garoto ciumento — Lenobia murmurou, virando-se para abraçar o pescoço grosso do capão e pegar a escova da serragem no chão.

Ainda rindo baixinho, Martin foi buscar o pente grande de madeira e começou a trabalhar na crina e na cauda do outro animal.

— Qual história você quer ouvir hoje, *chérie*?

— Conte-me sobre os cavalos da fazenda de seu pai — ela pediu. — Você começou alguns dias atrás e não terminou.

Enquanto Martin falava sobre a especialidade de Rillieux, uma nova raça de cavalos que podia correr um quarto de milha tão rapidamente que eles estavam sendo comparados ao alado Pegasus, Lenobia deixou sua mente vagar. *Ainda temos duas semanas de viagem. Ele já me ama.* Ela pressionou a mão contra o peito, sentindo o calor do *gris-gris* da mãe dele. *Se nós ficarmos juntos, vamos ter coragem o bastante para nos colocar contra o mundo.*

Lenobia se sentia esperançosa e muito animada enquanto subia as escadas do compartimento de carga até o corredor que levava à sua cabine. Martin tinha enchido sua cabeça de histórias sobre os cavalos incríveis de seu pai, e em algum momento da sua narrativa ela havia tido uma ideia maravilhosa: talvez ela e Martin pudessem ficar em Nova Orleans só até conseguirem juntar o dinheiro suficiente para comprar um jovem garanhão de Rillieux. Então eles poderiam pegar o seu Pegasus alado, ir para o oeste e encontrar um lugar em que eles não fossem julgados pela cor de suas peles, onde eles poderiam se estabelecer e criar cavalos lindos e velozes. *E crianças,* os seus pensamentos sussurraram. *Muitas crianças lindas de pele marrom como Martin.*

Ela iria pedir a Marie Madeleine que a ajudasse a encontrar um trabalho, talvez até mesmo alguma função na cozinha das Ursulinas. Todo mundo precisava de uma ajudante de cozinha que sabia assar um pão delicioso – e Lenobia havia adquirido aquela habilidade com a legião de talentosos *chefs* franceses do Barão.

– O seu sorriso a deixa ainda mais atraente, Lenobia.

Ela não havia escutado quando ele entrou no corredor, mas de repente ele estava ali, bloqueando a sua passagem. Lenobia colocou a mão na tira de couro escondida embaixo de sua camisa. Ela pensou em Martin e no poder do amuleto de proteção de sua mãe, levantou o queixo e encontrou o olhar do Bispo.

– *Excusez-moi*, Padre – ela disse friamente. – Preciso voltar e encontrar a Irmã Marie Madeleine. Ela deve estar fazendo suas orações matinais, e eu gostaria muito de me juntar a ela.

– Certamente não está brava comigo por causa de ontem. Você deve entender o choque que tive quando descobri a sua farsa – enquanto falava, o Bispo acariciava a sua cruz de rubi.

Lenobia o observou atentamente, pensando em como era estranho o fato de a cruz parecer cintilar e reluzir mesmo na penumbra do corredor.

– Eu não me atreveria a ficar brava com o senhor, Padre. Eu só quero ir ao encontro de nossa boa Irmã.

Ele se aproximou mais dela.

– Eu tenho uma proposta para você. Quando ouvi-la, vai saber que, com a grande honra que eu quero lhe conceder, pode se atrever a muito mais do que ter raiva.

– Desculpe-me, Padre, mas eu não sei o que o senhor quer dizer – ela falou, tentando passar por ele.

– Não sabe, *ma petite de bas*? Eu vejo muitas coisas quando olho nos seus olhos.

A raiva que Lenobia sentiu por causa do modo como ele a chamou superou o seu medo.

– O meu nome é Lenobia Whitehall. Eu não sou a sua bastarda! – ela atirou as palavras contra ele.

O sorriso dele era terrível. De repente, os braços dele deram o bote, uma mão de cada lado de Lenobia, pressionando-a contra a parede. As mangas de sua batina roxa eram como cortinas, escondendo-a do mundo real. Ele era tão alto que a cruz de rubi pendurada no pescoço do Bispo balançava na frente dos olhos dela, e por um momento ela pensou ter visto chamas dentro daquele resplandecer profundo.

Então ele falou, e o mundo dela ficou restrito ao mau hálito dele e ao calor do seu corpo.

– Quando eu concluir o que pretendo, você vai ser o que eu quiser que você seja: bastarda, prostituta, amante, filha. Qualquer coisa. Mas não ceda tão facilmente, *ma petite bas*. Eu gosto de uma briga.

– Padre, aí está você! Que sorte encontrá-lo tão perto de nossos quartos. Você poderia me ajudar? Pensei que mudar a Nossa Mãe Santíssima de lugar seria fácil, mas ou eu subestimei o peso dela ou superestimei a minha força.

O Bispo deu um passo para trás, soltando Lenobia. Ela correu pelo corredor até a freira, que naquele momento não estava olhando para eles. Ela estava saindo do seu quarto, esforçando-se para arrastar a grande estátua de pedra de Maria até o corredor. Quando Lenobia a alcançou, a freira levantou os olhos e disse:

— Lenobia, que ótimo. Por favor, pegue a vela do altar e o incensório. Nós vamos rezar as ladainhas marianas e o Pequeno Ofício da Imaculada Conceição no convés a partir de hoje e nos próximos poucos dias que faltam para chegarmos ao porto de Nova Orleans.

— Poucos dias? Você está enganada, Irmã — o Bispo disse com ar de superioridade. — Faltam pelo menos mais duas semanas de viagem.

Marie Madeleine parou de arrastar a estátua e endireitou as costas. Enquanto esfregava a sua região lombar, ela deu um olhar frio para o Bispo, que contrastava com a sua desenvoltura e com a coincidência de tê-lo interrompido enquanto abusava de Lenobia.

— Dias — ela disse duramente. — Acabei de falar com o Comodoro. A tempestade nos colocou alguns dias à frente do previsto. Vamos chegar a Nova Orleans em três ou quatro dias. Vai ser ótimo para todos nós estar em terra firme novamente, não é? Vou ter um prazer especial de apresentá-lo à nossa Madre Superiora e contar a ela como a nossa viagem foi segura e agradável graças à sua proteção. Você sabe como ela é respeitada na cidade, não sabe, Bispo de Beaumont?

Houve um longo silêncio e então o Bispo respondeu:

– Ah, sim, Irmã. Eu sei disso e muito, muito mais.

Então o sacerdote se abaixou e levantou a pesada estátua como se ela fosse feita de penas em vez de pedra, levando-a para cima até o convés.

– Ele te fez mal? – Marie Madeleine sussurrou rapidamente assim que ele saiu de vista.

– Não – Lenobia afirmou trêmula. – Mas ele queria.

A freira assentiu melancolicamente.

– Pegue a vela e o incenso. Acorde as outras garotas e diga para elas subirem para as orações. Então fique perto de mim. Você vai ter que esquecer as suas saídas solitárias ao amanhecer. Simplesmente, não é seguro. Felizmente, nós só temos mais alguns dias. Daí você vai estar no convento, longe do alcance dele – a freira apertou a mão de Lenobia e seguiu o Bispo até o convés superior, deixando-a sozinha e totalmente infeliz.

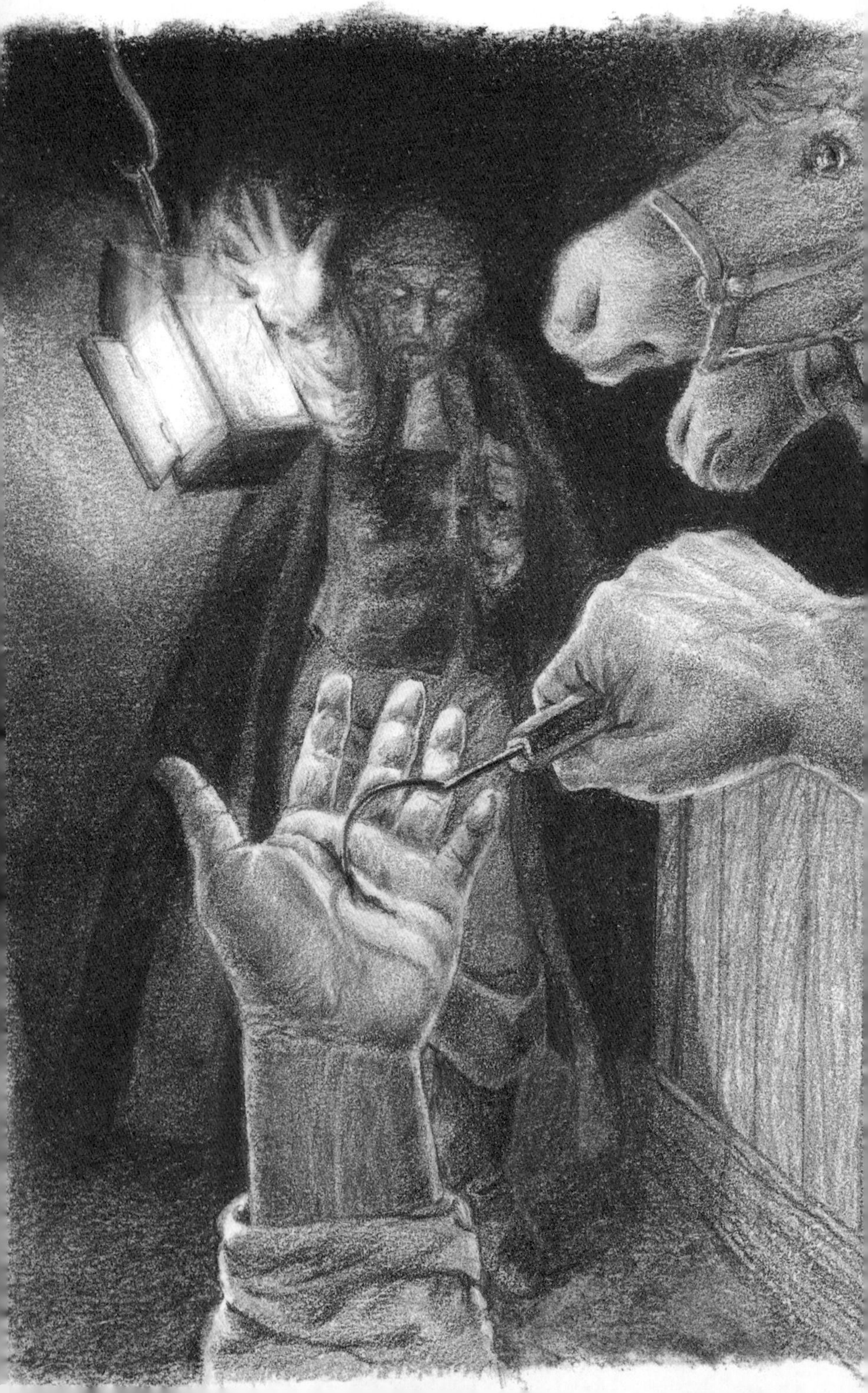

# Capítulo sete

Mais tarde, quando o mundo dela se tornou sombrio, doloroso e repleto de desespero, Lenobia se lembrou daquela manhã e da beleza do céu e do mar – e de como tudo havia mudado tão subitamente em menos tempo do que o seu coração levava para bater algumas dúzias de vezes. Ela se lembrou disso e prometeu a si mesma que pelo resto da vida não iria considerar nada bonito ou especial como garantido.

Era cedo, e as garotas estavam preguiçosas e rabugentas, sem querer levantar nem subir ao convés para rezar. Avelinne de Lafayette estava especialmente irritada, embora a excitação de Simonette com algo novo mais do que compensasse a disposição ácida das outras garotas.

– Eu queria tanto explorar o navio – Simonette confidenciou a Lenobia enquanto elas caminhavam até a pequena área coberta na popa do *Minerva*.

– É um navio muito bonito – Lenobia sussurrou de volta, sorrindo ao ver os cachinhos de Simonette balançando quando ela assentiu em resposta.

A estátua de mármore de Maria havia sido colocada perto do parapeito negro que cercava a popa do navio – logo acima da cabine do Comodoro. A Irmã Marie Madeleine estava ajeitando meticulosamente a imagem, mudando-a de um lado para o outro até colocá-la no lugar certo, quando ela viu Lenobia e acenou para chamá-la.

– Minha filha, pode me dar o círio e o incenso.

Lenobia entregou a ela o incensório de prata, já cheio da preciosa mistura de olíbano e mirra que a freira usava quando rezava, além da grossa vela de cera que estava em seu castiçal de estanho. A freira voltou-se para a estátua e colocou a vela e o incensório aos pés de Maria.

– Garotas – a Irmã dirigiu-se ao seu grupo e então, com um leve sorriso, ela assentiu ao ver os membros da tripulação que estavam começando a ir na direção delas com ar de curiosidade – e bons cavalheiros. Vamos começar esta adorável manhã com as ladainhas marianas em agradecimento pela notícia de que estamos a poucos dias de nosso destino, Nova Orleans – ela gesticulou para que a tripulação chegasse mais perto.

Enquanto eles se aproximavam, Lenobia procurou Martin no grupo e ficou desapontada ao não ver o seu rosto familiar.

– Ah, meu Deus! Precisamos buscar um tição lá embaixo para acender a vela de Maria. Lenobia, minha filha, você poderia...

– Não se preocupe, Irmã. Eu acendo o fogo da Virgem Maria.

As garotas abriram caminho e o Bispo caminhou a passos largos entre elas com uma longa madeira em sua mão, no fim da qual tremulava uma chama. Ele ofereceu o tição para a freira, que o pegou com um sorriso tenso.

– Obrigada, Padre. Você gostaria de liderar as ladainhas marianas hoje?

– Não, Irmã. Eu acho que as ladainhas marianas são apreciadas mais integralmente quando lideradas por uma mulher – curvando a cabeça, o Bispo se retirou para o canto mais distante da popa, onde os membros da tripulação estavam reunidos. Ele ficou na frente deles.

Lenobia achou que ele escolheu uma posição desconfortável, como se estivesse planejando liderar a falange de homens contra elas.

Desajeitadamente, a Irmã Marie Madeleine acendeu a vela e o incenso. Então ela se ajoelhou. Lenobia e as outras garotas seguiram o seu exemplo. Lenobia estava à esquerda da freira, olhando para a estátua, mas de onde estava também podia ver o Bispo – de modo que ela percebeu a hesitação arrogante dele, que fez com que o seu ato de ajoelhar fosse mais condescendente do que obediente. Os homens ao redor dele seguiram o seu exemplo.

Marie Madeleine abaixou a cabeça e juntou suas mãos em prece. Com os olhos fechados, ela começou a ladainha com uma voz forte e clara:

– Santa Maria, rogai por nós.

– Rogai por nós – as garotas repetiram.

– Santa Mãe de Deus – Marie Madeleine entoou.

— Rogai por nós — desta vez, os membros da tripulação juntaram as suas vozes à oração.

— Santa Virgem das virgens.

— Rogai por nós — o grupo invocou.

— Mãe de Jesus Cristo — a freira continuou.

— Rogai por nós...

Lenobia repetia a frase, mas ela não estava conseguindo aquietar o seu espírito o bastante para fechar os olhos e abaixar a cabeça como as outras garotas. Em vez disso, o seu olhar e a sua mente vagavam.

— Rogai por nós...

*Faltam três dias de viagem, e Marie Madeleine disse que eu não posso mais ir até o porão de carga.*

— Mãe da divina graça.

— Rogai por nós.

*Martin! Como eu vou conseguir falar com ele? Preciso vê-lo de novo, mesmo que isso signifique correr o risco de outro encontro com o Bispo.*

— Mãe puríssima.

— Rogai por nós.

O olhar de Lenobia passou pelo grupo de homens e pelo Bispo de batina roxa ajoelhado diante deles. Ela arregalou os olhos em choque. Ele não tinha abaixado a cabeça e fechado os olhos; encarava a estátua, na frente da qual a freira estava ajoelhada em oração. Ele não estava com as mãos em prece. Em vez disso, uma das mãos acariciava o brilhante crucifixo de rubi pendurado no meio do seu peito. A outra mão estava fazendo um leve e estranho movimento, apenas tremulando os dedos, quase como se ele estivesse chamando algo diante dele.

— Mãe castíssima.

— Rogai por nós...

Perplexa, Lenobia seguiu o olhar do Bispo e percebeu que o sacerdote não estava encarando a estátua, mas, sim, a grossa vela acesa aos pés da Virgem Maria, bem na frente da freira. Foi então que a chama se intensificou, ardendo com tanta intensidade que a cera parecia escorrer. A cera e a chama provocaram faíscas, e o fogo explodiu do círio, caindo sobre o hábito de linho de Marie Madeleine.

— Irmã! O fogo! — Lenobia gritou, levantando-se para correr na direção de Marie Madeleine.

Mas aquele fogo estranho já havia se transformado em uma terrível labareda. A freira gritou e tentou se levantar, mas ela estava obviamente desorientada pelas chamas que a consumiam. Em vez de se afastar da vela que queimava freneticamente, Marie Madeleine cambaleou para a frente, diretamente no poço de cera em combustão.

As garotas ao redor de Lenobia estavam gritando e se chocando contra ela, impedindo-a de alcançar a freira.

— Para trás! Eu vou salvá-la! — o Bispo gritou enquanto corria segurando um balde, com sua batina roxa tremulando feito chama atrás dele.

— Não! — Lenobia berrou, lembrando-se do que havia aprendido na cozinha sobre cera, gordura e água. — Pegue um cobertor, não água! Abafe o fogo!

O Bispo atirou o balde de água na freira em chamas, e o fogo explodiu, provocando uma chuva de cera quente sobre as garotas e criando pânico e histeria.

O mundo virou fogo e calor. Mesmo assim, Lenobia tentou chegar até Marie Madeleine, mas mãos fortes seguraram o seu pulso e a puxaram para trás.

– Não! – ela gritou, lutando para se soltar.

– *Chérie!* Você não pode ajudá-la!

A voz de Martin era um oásis de calma em meio ao caos, e o corpo de Lenobia ficou débil. Ela deixou que ele a puxasse para trás, saindo do raio da popa em chamas. Mas no meio das labaredas, Lenobia viu quando Marie Madeleine parou de lutar. Completamente engolfada pelo fogo, a freira caminhou até o parapeito, virou-se e por um instante o seu olhar encontrou o de Lenobia.

Lenobia nunca se esqueceria daquele momento. O que ela viu nos olhos de Marie Madeleine não foi pânico, nem terror, nem medo. Ela viu paz. E dentro da sua mente a voz da freira ecoou, misturada a outra voz mais forte, mais clara e com uma beleza sobrenatural. *Siga o seu coração, minha filha. Que Nossa Mãe sempre a proteja...*

Então a freira subiu no parapeito e saltou decididamente ao encontro dos braços acolhedores e refrescantes do mar.

A próxima coisa de que Lenobia sempre se lembraria era de Martin rasgando a sua camisa e usando-a para combater as chamas que estavam ameaçando atingir a saia dela.

– Fique aqui! – ele gritou para ela depois de apagar o fogo. – Não se mexa!

Lenobia assentiu automaticamente, e então Martin se juntou aos outros tripulantes, que estavam usando tecidos, pedaços de vela e cordame para combater o fogo. O Comodoro Cornwallis estava lá, gritando ordens e usando a sua jaqueta azul para extinguir o resto do fogo, que agora parecia se apagar com uma facilidade anormal.

– Eu estava tentando ajudar! Eu não sabia!

O olhar de Lenobia foi atraído pelos gritos do Bispo. Ele estava ao lado do parapeito, olhando para o mar.

– Charles! Você se queimou? Você está ferido? – o Comodoro perguntou.

Lenobia viu quando o Comodoro correu até ele assim que o sacerdote cambaleou e quase caiu no mar. O Comodoro o segurou a tempo.

– Saia do parapeito, homem!

– Não, não – o Bispo o afastou. – Eu preciso fazer isto. Eu preciso – ele fez o sinal da cruz e então Lenobia o ouviu começar a extrema-unção. – *Domine sancte...*

Lenobia nunca tinha odiado tanto alguém em toda a sua vida.

Simonette se atirou em seus braços, rosada, chamuscada e soluçando.

– O que vamos fazer agora? O que vamos fazer agora?

Lenobia abraçou Simonette, mas ela não podia responder.

— *Mademoiselles!* Alguma de vocês está ferida? – a voz do Comodoro ressoou enquanto ele abria caminho entre o grupo de meninas chorosas, puxando aquelas que ficaram mais próximas das chamas e direcionando-as ao médico do navio. – Se vocês não estão machucadas, desçam. Limpem-se. Troquem de roupa. Descansem, *mademoiselles*, descansem. O fogo acabou. O navio está bem. Vocês estão a salvo.

Martin havia desaparecido no meio da fumaça e da confusão, e Lenobia não teve escolha a não ser ir para a cabine com Simonette, que ainda segurava forte a sua mão.

— Você também ouviu o que a Irmã disse? – Lenobia sussurrou enquanto elas caminhavam pelo estreito corredor, tremendo e chorando.

— Eu ouvi a Irmã gritar. Foi horrível – Simonette soluçou.

— Mais nada? Você não ouviu o que ela disse? – Lenobia insistiu.

— Ela não disse nada. Ela só gritou – Simonette arregalou os seus olhos cheios de lágrimas para ela. – Você ficou louca, Lenobia?

— Não, não – Lenobia respondeu rapidamente, colocando o braço ao redor do ombro dela para tranquilizá-la. – Mas eu quase desejaria estar louca, para não ter que me lembrar do que acabou de acontecer.

Simonette soluçou novamente.

— *Oui, oui...* Eu não vou sair do quarto até chegarmos em terra firme. Nem para jantar. Eles não podem me obrigar!

Lenobia a abraçou forte e não disse mais nada.

Lenobia não saiu da sua cabine pelos dois dias seguintes. Simonette não precisava ter se preocupado em ser obrigada a subir até os aposentos do Comodoro para as refeições noturnas. Em vez disso, a comida era levada até elas. Era como se a morte da Irmã Marie Madeleine tivesse jogado um feitiço sobre todos, estragando a vida normal a bordo do navio. As canções altas e às vezes desbocadas que a tripulação cantava havia semanas cessaram. Não se escutavam mais risadas nem gritos. O próprio navio parecia ter ficado silencioso. Algumas horas depois da morte da freira, um vento feroz veio detrás, enchendo as velas e impulsionando o navio para a frente, como se fosse o sopro de Deus tirando-os daquele lugar de violência.

Nas suas cabines, as garotas estavam em choque. Simonette e algumas outras ainda choravam de vez em quando. Na maior parte do tempo, elas ficavam encolhidas em suas camas, conversavam em voz baixa ou rezavam.

Um dia, os criados do navio que traziam comida asseguraram a elas que tudo estava bem e que logo eles iriam chegar em terra firme. A notícia não provocou nenhuma reação, além de olhares sombrios e lágrimas silenciosas.

Durante esse tempo, Lenobia pensava e se lembrava.

Ela se lembrava da bondade de Marie Madeleine. Ela se lembrava da força e da fé da freira. Ela se lembrava da paz que havia visto nos olhos da Irmã antes de ela morrer e das palavras que ecoaram como que por encanto em sua mente.

*Siga o seu coração, minha filha. Que Nossa Mãe sempre a proteja...*

Lenobia se lembrava da Irmã Marie Madeleine, mas ela pensava em Martin. Ela também pensava no futuro. Foi só antes do amanhecer do terceiro dia que Lenobia tomou a sua decisão, e então saiu silenciosamente do quarto, que agora mais parecia um mausoléu.

Lenobia não assistiu ao sol nascer. Ela foi diretamente ao porão de carga. Odysseus, o gato preto e branco gigante, estava se esfregando em suas pernas quando ela chegou perto da baia. Os cavalos a viram primeiro, e ambos relincharam para saudá-la, o que fez com que Martin se virasse. Quando notou a presença de Lenobia, ele deu três passos largos para chegar rapidamente até ela e então a abraçou forte. Podia sentir o corpo dele tremendo enquanto ele falava.

– Você veio, *chérie*! Eu achei que você não viesse. Pensei que nunca mais ia vê-la de novo.

Lenobia encostou a cabeça no peito dele e inspirou o seu aroma: cavalo, feno e o suor honesto de um homem que trabalhava duro todo dia.

— Eu precisei pensar antes de vir vê-lo, Martin. Eu tinha que decidir.

— O que você decidiu, *chérie*?

Ela levantou a cabeça e olhou para Martin, adorando o brilho verde-oliva dos seus olhos e as partículas castanhas que faiscavam feito âmbar dentro deles.

— Primeiro, eu tenho que perguntar uma coisa... Você viu quando ela pulou no mar?

Martin assentiu solenemente.

— Sim, *chérie*. Foi terrível.

— Você ouviu algo?

— Só os gritos dela.

Lenobia respirou fundo.

— Logo antes de a Irmã saltar do navio, ela olhou para mim, Martin. Os olhos dela estavam repletos de paz, não de medo ou de dor. E eu não ouvi os seus gritos. Em vez disso, escutei a voz dela, misturada a outra voz, dizendo para eu seguir o meu coração... que Nossa Mãe sempre iria me proteger.

— A freira era uma mulher muito santa. Ela tinha muita fé e bondade. O seu espírito era forte. Pode ser que o espírito dela tenha falado com você. Talvez a sua Virgem Maria, que ela amava tanto, tenha falado com você também.

Lenobia se sentiu aliviada.

— Então você acredita em mim!

— *Oui, chérie*. Eu sei que há mais coisas no mundo do que aquilo que nós podemos ver e tocar.

— Eu também acredito nisso — ela respirou fundo, endireitou os ombros e declarou, com uma voz que surpreendeu até a si mesma por ter soado tão madura: — Pelo menos agora eu acredito. Então, o que eu quero dizer é o seguinte: Eu amo você, Martin, e quero ficar ao seu lado. Sempre. Não me importa como. Não me importa onde. Mas ver Marie Madeleine morrer me transformou. Se o pior que pode acontecer comigo por escolher viver ao seu lado é morrer em paz amando você, então eu escolho qualquer felicidade que pudermos encontrar neste mundo.

— *Chérie,* eu...

— Não. Não me responda agora. Depois que desembarcarmos, pense por dois dias, assim como eu também pensei por dois dias. Você tem que ter certeza, qualquer que seja a sua escolha, Martin. Se disser não, então eu não quero vê-lo de novo... nunca mais. Se disser sim, eu vou viver ao seu lado e dar à luz os seus filhos. Eu vou amá-lo até o dia em que eu morrer... só você, Martin. Para sempre, só você. Esse é um voto que eu faço.

Então, antes que Lenobia fraquejasse e começasse a implorar, abraçando-o e beijando-o, ela se afastou dele, pegou a familiar escova e entrou na baia dos Percherões, acariciando os enormes cavalos e murmurando saudações afetuosas.

Martin a seguiu devagar. Sem falar com ela nem olhá-la, ele se dirigiu até o outro capão e começou a trabalhar na sua crina embaraçada. Portanto, ele estava escondido da vista do Bispo quando o sacerdote entrou no porão de carga.

– Tratar de bestas... isso não é trabalho para uma dama. Mas você não é nenhuma dama, não é mesmo, *ma petite de bas*?

Lenobia sentiu um enjoo no estômago, mas se virou para encarar o sacerdote, que ela acreditava ser mais um monstro do que um homem.

– Eu já disse para você não me chamar assim – Lenobia afirmou, satisfeita consigo mesma por sua voz não ter saído trêmula.

– E eu já disse que gosto de uma briga – ele tinha um sorriso de réptil. – Mas, com briga ou sem briga, quando eu tiver terminado o que pretendo, você vai ser o que eu quiser que seja: bastarda, prostituta, amante, filha. Qualquer coisa – ele avançou, com a cruz de rubi brilhando em seu peito como se fosse uma coisa viva. – Quem vai protegê-la agora que a sua freira e escudeira foi consumida pelas chamas? – ele chegou na porta da baia e Lenobia se encolheu, encostando-se no capão. – O tempo é curto, *ma petite de bas*. Vou tomá-la como minha hoje mesmo, antes de chegarmos a Nova Orleans, e então você não vai mais ter razão para continuar com essa farsa de virgindade e se acovardar no convento das Ursulinas – o sacerdote colocou a mão na portinhola da baia para abri-la.

Martin saiu da sombra do cavalo e se colocou entre Lenobia e o Bispo. Ele falou calmamente, mas estava empunhando um instrumento pontiagudo usado para limpar cascos de cavalo. A luz do lampião se refletiu no metal e ele brilhou, feito faca.

– Acho que você não vai tomar esta dama como sua. Ela não quer você, Loa. Vá embora e deixe-a em paz.

O Bispo franziu os olhos ameaçadoramente e os seus dedos começaram a acariciar os rubis de seu crucifixo.

– Atreve-se a falar comigo, garoto? Você deveria saber quem eu sou. Não sou esse Loa com quem você me confundiu. Eu sou um Bispo, um homem de Deus. Vá embora agora e eu vou esquecer que você tentou me questionar.

– Loa é espírito. Eu enxergo você. Eu conheço você. O *bakas* se voltou contra você, homem. Você é do mal. Você é das trevas. E não é bem-vindo aqui.

– Você se atreve a se colocar contra mim – o sacerdote vociferou. Enquanto a raiva dele crescia, as chamas dos lampiões pendurados em volta da baia também aumentavam.

– Martin! As chamas! – Lenobia sussurrou desesperada para ele.

O sacerdote começou a avançar como se ele fosse atacar Martin com as próprias mãos. Então duas coisas aconteceram muito rápido. Primeiro, Martin levantou a ferramenta de limpar cascos, mas ele não atacou o padre. Em vez disso, golpeou a si mesmo. Lenobia ofegou quando Martin cortou a própria palma da mão e então, quando o Bispo estava quase junto a ele, Martin arremessou o sangue acumulado em sua mão contra o sacerdote, atingindo-o no meio do seu peito, cobrindo as joias vermelhas de escarlate vivo. E com uma voz profunda e repleta de poder, Martin entoou:

*"Ela pertence a mim – e dela eu sou!*
*Que este sangue seja a minha prova*
*De lealdade e verdade!*
*O que você faz a ela é em vão*
*Que o seu mal volte para você com uma dor dez vezes maior!"*

O sacerdote cambaleou para o lado, como se o sangue o tivesse atingido feito uma forte rajada de vento. Os cavalos colocaram as orelhas para trás, coladas nas suas cabeças enormes, relincharam de raiva e avançaram nele com seus dentes enormes e quadrados à mostra.

Charles de Beaumont tropeçou para trás, saindo da baia, apertando o próprio peito. Ele se curvou e encarou Martin.

Martin estendeu a sua mão ensanguentada com a palma voltada para fora, como um escudo.

– Você perguntou quem vai proteger esta garota? Eu respondo: eu vou. O feitiço está feito. Eu o selei com o meu sangue. Você não tem poder nenhum aqui.

Os olhos do sacerdote estavam cheios de ódio e a sua voz, de maldade.

– O seu feitiço de sangue pode lhe dar poder aqui, mas você não vai ter poder no lugar para onde estamos indo. Lá, vai ser apenas um homem negro tentando enfrentar um homem branco. Eu vencerei... eu vencerei... eu vencerei... – o Bispo saiu do compartimento de carga murmurando essas palavras sem parar, ainda apertando o próprio peito.

Assim que ele foi embora, Martin abraçou Lenobia, que estava trêmula. Ele acariciou o seu cabelo e murmurou pequenos sons sem palavras para acalmá-la. Quando o seu medo havia diminuído o suficiente, Lenobia se soltou dos braços de Martin e rasgou uma tira de algodão de sua camisa para fazer uma atadura na mão dele. Ela não falou nada enquanto fazia o curativo. Só quando terminou ela segurou a mão ferida dele entre as suas mãos e levantou os olhos para ele, perguntando:

– Aquilo que você disse... o feitiço que você fez... é de verdade? Funciona mesmo?

– Ah, funciona sim, *chérie* – ele respondeu. – Funciona o suficiente para mantê-lo afastado de você neste navio. Mas esse homem está cheio de um grande mal. Sabe que ele provocou o fogo que matou aquela mulher santa?

Lenobia assentiu.

– Sim. Eu sei.

– O *bakas* dele... é forte; é maligno. Eu o amarrei com uma dor dez vezes maior, mas pode chegar a hora em que ele pense que possuir você valha essa dor. E ele tem razão, no mundo para onde vamos, ele tem o poder, não eu.

– Mas você o deteve!

Martin assentiu.

– Eu posso lutar contra ele usando a magia de *maman*, mas não posso lutar contra homens brancos e a sua lei, que o Bispo pode usar contra mim.

– Então você tem que ir embora de Nova Orleans. Vá para bem longe, onde ele não pode atingi-lo.

Martin sorriu.

– *Oui, chérie, avec tu.*

– Comigo? – Lenobia o encarou por um momento, com a preocupação por ele em primeiro plano em sua mente. Então ela percebeu o que ele estava dizendo e sentiu-se como se o sol tivesse amanhecido dentro dela. – Comigo! Nós vamos ficar juntos.

Martin a abraçou novamente bem forte.

– Foi isso o que fez a minha magia ser tão forte, *chérie*, esse amor que eu tenho por você. Ele corre no meu sangue e faz o meu coração bater. Agora vou fazer o meu voto em retribuição. Eu sempre vou amar você... só você, Lenobia.

Lenobia encostou o rosto no peito dele e, desta vez, quando ela chorou, foram lágrimas de felicidade.

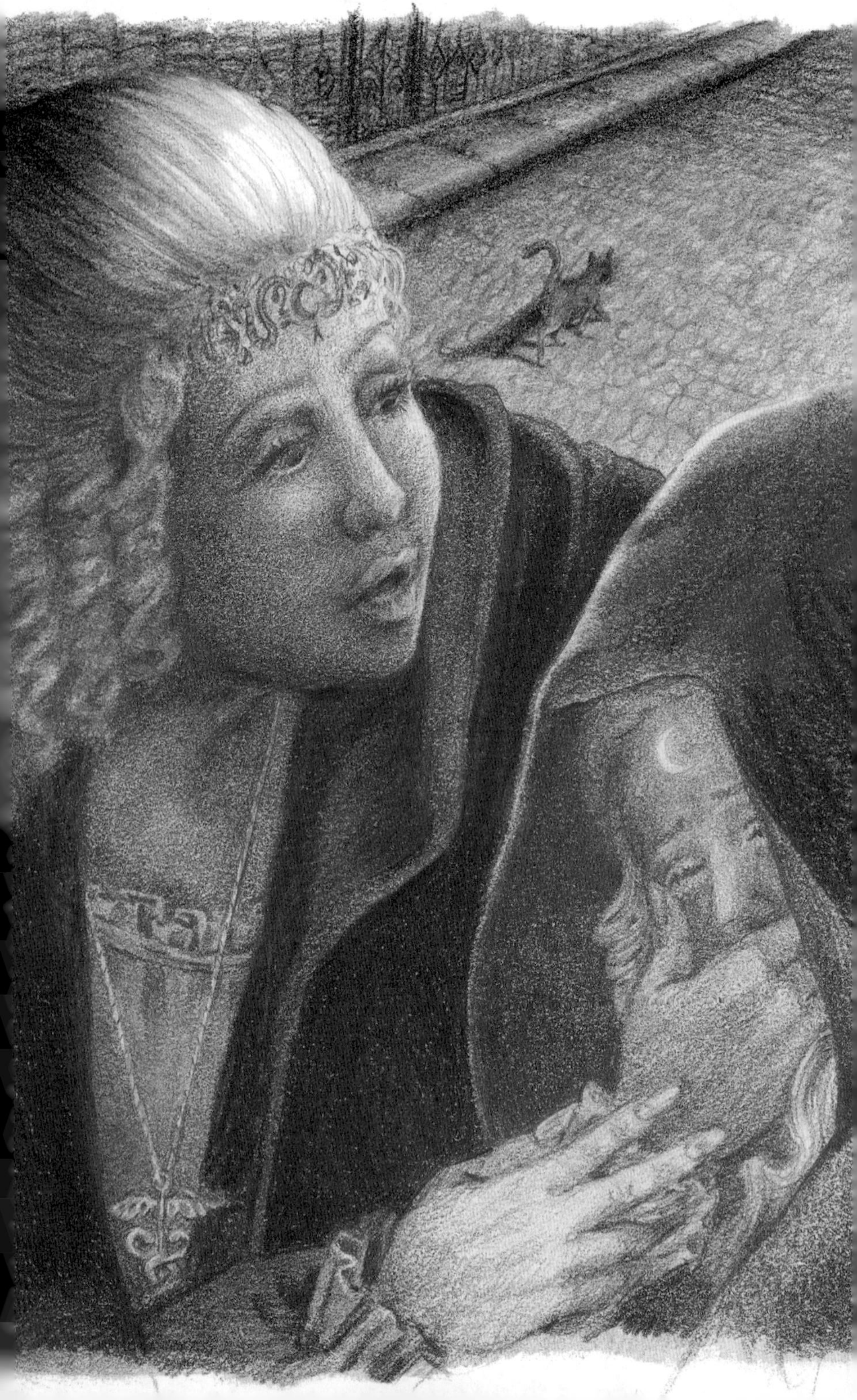

# Capítulo oito

Foi na noite de 21 de março de 1788, quando o sol era um globo alaranjado mergulhando na água do mar, que o *Minerva* entrou no porto de Nova Orleans.

Foi também naquela noite que Lenobia começou a tossir.

Ela passou a se sentir mal assim que voltou para a sua cabine. No início, pensou que era porque odiava se afastar de Martin e porque o quarto, que parecia um santuário enquanto a Irmã Marie Madeleine esteve ali, agora passava mais a sensação de uma prisão. Lenobia não conseguiu tomar o café da manhã. Na hora em que se ouviam gritos excitados de "Terra! Estou vendo a terra!" por todo o navio e as garotas estavam saindo hesitantes de seus quartos para se reunirem no convés, admirando a crescente quantidade de terra diante delas, Lenobia sentia-se quente; tinha que abafar a sua tosse na manga de sua roupa.

— *Mademoiselles,* eu normalmente não as faria desembarcar no escuro, mas, por causa da recente tragédia com a Irmã Marie Madeleine, acredito que é melhor que vocês cheguem o quanto antes em terra firme e fiquem em segurança no convento das Ursulinas – o Comodoro fez o anúncio para as garotas no convés. – Eu conheço a Abadessa. Vou procurá-la imediatamente e informá-la sobre a perda da Irmã, além de avisar a ela que vocês vão desembarcar hoje à noite. Por favor, levem apenas as suas pequenas *cassettes*. Vou mandar entregar o resto de sua bagagem no convento – ele se curvou e depois se dirigiu para a lateral do convés, de onde o barco a remo seria abaixado até a água.

Em seu estado febril, Lenobia parecia ouvir a voz de sua mãe, aconselhando-a a não usar uma palavra que soava parecida com caixão. Lenobia voltou devagar para o quarto com as outras garotas, amedrontada, como se a voz do passado fosse um mau agouro para o futuro.

*Não!* Ela afastou a melancolia que estava sentindo. *Eu só estou com um pouco de febre. Vou pensar em Martin. Ele está fazendo planos para nós partirmos de Nova Orleans e irmos a oeste, onde vamos ficar juntos... para sempre.*

Foi esse pensamento que deu forças para Lenobia seguir em frente enquanto ela se acomodava, tremendo e tossindo, no pequeno barco com as outras garotas. Quando estava sentada entre Simonette e Colette, uma jovem de cabelos compridos e escuros, Lenobia olhou em volta aleatoriamente, tentando juntar energia para completar a sua jornada. O seu olhar passou pelos remadores e um par de olhos verde-oliva capturou a atenção dela, enviando força e amor.

Ela deve ter emitido um som de uma feliz surpresa, pois Simonette perguntou:

– O que foi, Lenobia?

Sentindo-se renovada, Lenobia sorriu para a garota.

– Estou feliz porque a nossa longa viagem acabou e ansiosa por começar o próximo capítulo da minha vida.

– Você parece tão certa de que vai ser bom – Simonette falou.

– Eu estou certa. Acho que a próxima parte da minha vida vai ser a melhor de todas – Lenobia respondeu, alto o bastante para que a sua voz chegasse até Martin.

O barco a remo balançou quando o último passageiro entrou, dizendo:

– Tenho certeza de que vai ser.

A força que ela havia encontrado na presença de Martin se transformou em medo e ódio quando o Bispo se acomodou em um banco tão perto do dela que a sua batina roxa, tremulando no ar quente e úmido, quase roçava as suas saias. Ali ele se sentou, em silêncio e encarando-a.

Lenobia puxou o seu manto para mais perto e desviou o olhar, concentrando-se em não olhar para Martin enquanto ignorava o Bispo. Ela inspirou profundamente o aroma de terra e lodo do porto, construído onde o rio encontrava o mar, esperando que aquele ar e aquele cheiro fossem acalmar a sua tosse.

Não adiantou.

A Abadessa, Irmã Marie Therese, era uma mulher alta e magra. Lenobia achou que ela estranhamente parecia um corvo, parada no cais com o seu hábito negro tremulando ao seu redor. Enquanto o Comodoro ajudava o Bispo a sair do barco, a Abadessa e duas freiras pálidas e com aparência de quem havia chorado ajudaram os membros da tripulação a passar as garotas do barco para o cais, dizendo:

— Venham, *mademoiselles*. Depois da tragédia com a nossa boa Irmã, vocês precisam de descanso e paz. É isso o que as aguarda no nosso convento.

Quando chegou a sua vez de subir no cais, Lenobia sentiu a força de mãos familiares segurando as suas mãos, e ele sussurrou:

— Seja corajosa, *ma chérie*. Eu virei buscá-la.

Lenobia prolongou o contato com as mãos de Martin o máximo que ela se atreveu, e então pegou a mão da freira. Ela não se virou para olhar para Martin e tentou abafar a sua tosse e se misturar no grupo de garotas.

Quando todos haviam desembarcado, a Abadessa curvou a cabeça ligeiramente para o Bispo e o Comodoro e disse:

— *Merci beaucoup* por me entregarem essas garotas que, a partir de agora, estão sob a minha responsabilidade. Vou levá-las e em breve colocá-las em segurança nas mãos de seus maridos.

— Nem todas — a voz do Bispo soou como um chicote.

Entretanto, a Abadessa levantou uma sobrancelha para ele quando respondeu:

— Sim, Bispo, todas. O Comodoro já me explicou o engano infeliz a respeito da identidade de uma das garotas. Isso não a tira nem um pouco da minha responsabilidade, simplesmente muda a escolha de marido para ela.

Lenobia não conseguiu silenciar a tosse úmida que a acometeu. O Bispo deu um olhar aguçado para ela, mas quando ele falou a sua voz havia assumido um tom calmo e agradável. A expressão dele não era de raiva nem de ameaça – era apenas de preocupação.

– Receio que a garota errante se infectou com algo mais, além dos pecados de sua mãe. Você realmente quer a doença contagiosa dela em seu convento?

A Abadessa foi até Lenobia. Ela tocou o seu rosto, levantando o queixo dela e olhando em seus olhos. Lenobia tentou sorrir para a freira, mas ela estava se sentindo muito mal, esgotada demais. Tentava desesperadamente não tossir, sem sucesso. A Abadessa colocou para trás o cabelo platinado da testa úmida de Lenobia e murmurou:

– Foi uma jornada difícil para você, não foi, minha filha? – então ela se virou para encarar o Bispo. – E o que você quer que eu faça, Bispo? Que eu não demonstre nenhuma caridade cristã e a deixe no cais?

Lenobia observou os olhos do Bispo faiscarem de raiva, mas ele controlou o ódio e respondeu:

– É claro que não, Irmã. É claro que não. Só estou preocupado com o bem maior do convento.

– É muita consideração da sua parte, Padre. Como o Comodoro precisa voltar para o seu navio, talvez você mostre ainda maior consideração conosco acompanhando o nosso pequeno grupo até o convento. Eu gostaria de poder dizer que estamos completamente seguras nas ruas da nossa agradável cidade, mas isso não seria totalmente honesto de minha parte.

O Bispo abaixou a cabeça e sorriu.

– Será uma grande honra acompanhá-las.

– *Merci beaucoup*, Padre – a Abadessa agradeceu. Então ela gesticulou para que as garotas a seguissem, dizendo: – Venham, minhas filhas, *allons-y!*

Lenobia foi embora com o resto do grupo, tentando ficar no meio das garotas, apesar de sentir os olhos do Bispo sobre ela, seguindo-a e cobiçando-a. Ela queria procurar Martin, mas estava com medo de atrair atenção para ele. Enquanto eles se afastavam do cais, ela ouviu o som dos remos do barco batendo na água e sabia que eles estavam voltando para o *Minerva*.

*Por favor, venha me buscar logo, Martin! Por favor!* Lenobia enviou um apelo silencioso para a noite. E então ela passou a se concentrar totalmente em colocar um pé na frente do outro e em tentar respirar entre um acesso de tosse e outro.

A caminhada até o convento assumiu um ar de pesadelo que espelhava sinistramente o trajeto de carruagem de Lenobia do *château* até Le Havre. Não havia neblina, mas havia escuridão e cheiros e sons estranhamente familiares – vozes falando em francês, belas sacadas ornamentadas com filigranas em ferro, emolduradas por cortinas esvoaçantes, através das quais os lustres de cristal cintilavam, tudo isso misturado ao som estranho do inglês falado em uma cadência que lembrava o sotaque musical de Martin.

Os aromas estrangeiros de temperos e terra assoreada estavam misturados ao cheiro doce e amanteigado de *beignets*[23] fritos.

A cada passo, Lenobia se sentia cada vez mais fraca.

– Lenobia, vamos... fique com a gente!

Lenobia piscou em meio ao suor que estava escorrendo pela sua testa e caindo em seus olhos e viu que Simonette havia parado atrás do grupo para chamá-la.

*Como eu fiquei tão para trás?* Lenobia tentou ir mais rápido para alcançá-las, mas havia algo na frente dela – algo pequeno e peludo, que fez com que ela tropeçasse e quase caísse na rua de paralelepípedos.

Uma mão forte e fria tocou o cotovelo de Lenobia, amparando-a. Ela levantou o rosto e viu olhos tão azuis quanto o céu da primavera e um rosto tão bonito que parecia sobrenatural, especialmente porque ele era decorado com um padrão de tatuagem que lembrava uma intricada plumagem.

– Perdão, minha filha – a mulher disse, sorrindo um pedido de desculpas. – O meu gato sempre vai aonde quer. Ele já fez muita gente mais saudável e mais forte do que você tropeçar.

– Eu sou mais forte do que aparento – Lenobia se ouviu dizer com voz rouca.

– Fico feliz de ouvir isso – a mulher falou e então soltou o cotovelo de Lenobia e se afastou, seguida por um grande

---

23 Espécie de bolinho coberto com açúcar de confeiteiro típico da Louisiana. (N.T.)

gato malhado e cinzento, que balançava o rabo como se estivesse irritado. Enquanto passava pelas garotas, ela olhou para a freira que liderava o grupo e abaixou a cabeça respeitosamente, dizendo: – *Bonsoir*[24], Abadessa.

– *Bonsoir,* Sacerdotisa – a freira respondeu delicadamente.

– Essa criatura é uma vampira! – o Bispo exclamou enquanto a bela mulher puxava o capuz do seu manto de veludo negro sobre a cabeça e desaparecia nas sombras.

– *Oui,* de fato ela é – a Abadessa respondeu.

Mesmo se sentindo mal, Lenobia ficou surpresa. Ela já tinha ouvido falar em vampiros, é claro, e sabia que sua fortaleza localizava-se não muito longe de Paris, mas na vila de Auvergne não havia nenhum, e o *Château* de Navarre nunca recebera nenhum grupo deles, como alguns dos nobres mais ricos e mais arrojados costumavam fazer de vez em quando. Lenobia queria ter olhado melhor a vampira. Então a voz do Bispo invadiu os seus pensamentos.

– Você tolera que eles andem entre vocês?

O olhar sereno da Abadessa não se alterou.

– Há muitas pessoas diferentes que vêm e vão de Nova Orleans, Padre. Aqui é um ponto de entrada para um vasto Novo Mundo. Você vai se acostumar ao nosso jeito no devido tempo. Em relação aos vampiros, ouvi dizer que eles estão pensando em estabelecer uma Morada da Noite aqui.

– Certamente, a cidade não vai permitir uma coisa dessas – o Bispo afirmou.

---

[24] Boa noite, em francês. (N.T.)

— É sabido que, onde há uma Morada da Noite, também há beleza e civilização. Isso é algo que os fundadores desta cidade apreciariam.

— Você fala como se aprovasse.

— Eu aprovo a educação. Cada Morada da Noite, em seu cerne, é uma escola.

— Como a senhora sabe tanto sobre os vampiros, Abadessa? – Simonette perguntou. Então ela pareceu arrependida do próprio questionamento e acrescentou: – Eu não quero parecer desrespeitosa perguntando uma coisa dessas.

— Isso é uma curiosidade normal – a Abadessa respondeu com um sorriso amável. – A minha irmã mais velha foi Marcada e Transformada em vampira quando eu era apenas uma criança. Ela ainda visita a casa de meus pais perto de Paris.

— Blasfêmia – o Bispo murmurou sombriamente.

— Há quem diga isso, há quem diga... – a Abadessa falou, dando de ombros, como quem encerra o assunto. A próxima tosse de Lenobia chamou a atenção da freira. – Minha filha, acho que você não tem condições de andar o resto do caminho até o convento.

— Sinto muito, Irmã. Eu vou melhorar se descansar por um instante – inesperadamente, naquele momento as pernas de Lenobia ficaram moles e ela caiu no meio da rua.

— Padre! Traga-a aqui, rápido! – a freira pediu.

Lenobia se retraiu antes que o Bispo a tocasse, mas ele apenas sorriu e, com um movimento forte, abaixou-se e pegou-a em seus braços como se ela fosse uma criança. Então, seguiu a freira para dentro dos estábulos estreitos e compridos que conectavam duas casas pintadas em cores vivas, ambas com sacadas elaboradas que se estendiam por toda a fachada do segundo andar.

— Aqui, Padre. Ela pode descansar confortavelmente nesses fardos de feno.

Lenobia sentiu a hesitação do Bispo, como se ele não quisesse soltá-la, mas a Abadessa repetiu:

— Padre, aqui. Pode colocá-la neste lugar.

Ela finalmente foi libertada da prisão dos braços dele e se encolheu para mais longe ainda, puxando o seu manto para que nada dela tocasse o sacerdote, que continuou por ali, bem perto.

Lenobia respirou fundo e, como num passe de mágica, o som e o cheiro de cavalos tomaram conta dela e a acalmaram, aliviando um pouco da queimação em seu peito.

— Minha filha — a Abadessa falou, inclinando-se sobre ela e tirando o cabelo de sua testa novamente. — Eu vou seguir até o convento. Quando chegar lá, mandarei a nossa carruagem hospitalar buscar você. Não tenha medo, não vai demorar. — Ela se endireitou e disse para o sacerdote: — Padre, seria muito gentil de sua parte se você ficasse aqui com a garota.

— Não! — Lenobia gritou no mesmo instante em que o Bispo respondeu "*Oui*, é claro".

A Abadessa tocou a testa de Lenobia novamente e assegurou:

— Minha filha, eu volto logo. O Bispo vai cuidar de você até lá.

– Não, Irmã. Por favor. Eu estou me sentindo muito melhor agora. Eu posso an... – os protestos de Lenobia foram abafados por outro acesso de tosse.

A Abadessa assentiu com tristeza.

– Sim, é melhor enviar a carruagem. Eu volto logo – ela se virou e saiu rapidamente para a rua, ao encontro das garotas que estavam à espera, deixando Lenobia sozinha com o Bispo.

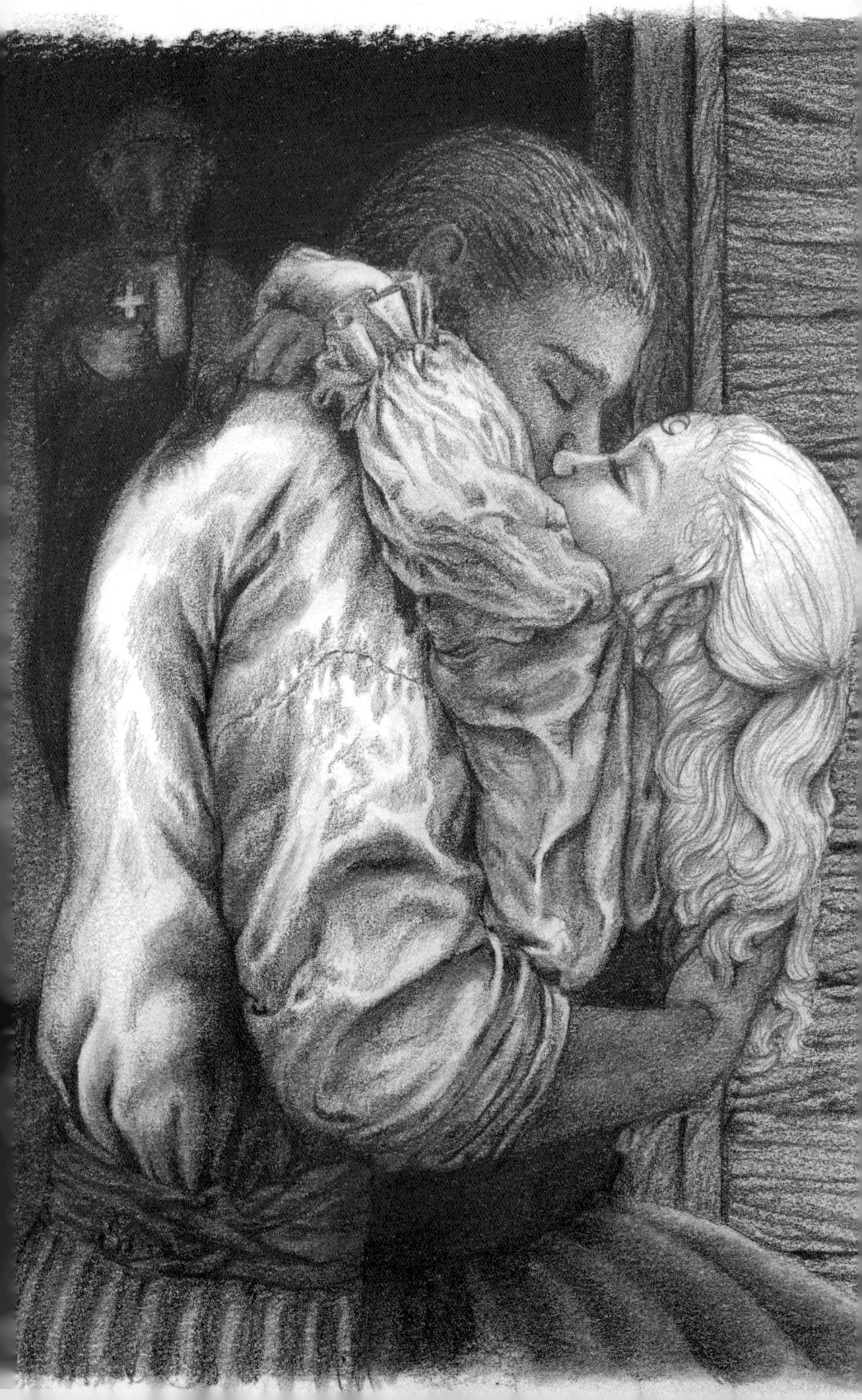

# Capítulo nove

– Você não precisa ficar tão apavorada. Acho excitante uma garota que resiste a mim, não uma garota doente – ele olhou ao redor do estábulo enquanto falava com ela, mas não caminhou pelo corredor que separava as duas fileiras de baias. – Cavalos de novo. Isso já está virando um tema recorrente em relação a você. Talvez, depois que se tornar minha amante, se for boazinha, eu a presenteie com um cavalo.

Ele deu as costas para o interior escuro do estábulo e para os sons abafados de cavalos adormecidos a fim de ir buscar uma das duas tochas que estavam acesas ao lado da entrada. As chamas queimavam regularmente, embora soltassem uma grande quantidade de fumaça cinza e espessa.

Lenobia o observou enquanto o Bispo se aproximava de uma das tochas. Ele olhava para a chama com uma expressão aberta de adoração. A mão dele se levantou e os seus dedos acariciaram o fogo, fazendo a fumaça ondular feito uma névoa ao seu redor.

– Foi isto o que fez com que eu começasse a me atrair por você: a fumaça em seus olhos – ele se virou para olhá--la, emoldurado pelas chamas. – Mas você já sabia disso. Mulheres do seu tipo atraem os homens de propósito, assim como o fogo atrai insetos. Você atraiu aquele escravo do navio e a mim.

– Eu não te atraí – Lenobia respondeu, recusando-se a falar com ele sobre Martin.

– Ah, você obviamente me atraiu, porque aqui estou eu – ele abriu os braços. – E há algo que preciso deixar claro: não compartilho o que é meu. Você é minha. Eu não vou dividi-la com ninguém. Então, pequena chama, não atraia outros insetos, senão terei que apagar você ou eles.

Lenobia balançou a cabeça e disse a única coisa em que ela conseguiu pensar:

– Você está completamente louco. Eu não sou sua. Eu nunca serei sua.

O sacerdote franziu as sobrancelhas.

– Bem, então eu prometo que você não vai ser de mais ninguém, não nesta vida – ele deu um passo ameaçador na direção dela, mas um veludo negro rodopiou ao redor dele, como se uma figura se materializasse saída da fumaça, da noite e das sombras. O capuz do manto daquele vulto caiu para trás, e Lenobia ofegou quando o belo rosto da vampira apareceu. Ela sorriu, levantou a mão e apontou um dedo longo para Lenobia, dizendo:

– *Lenobia Whitehall! Foste escolhida pela Noite; tua morte será teu nascimento. A Noite te chama; preste atenção para escutar Sua doce voz. Teu destino aguarda por ti na Morada da Noite!*

A dor explodiu na testa de Lenobia, fazendo-a pressionar as duas mãos contra o rosto. Ela queria se sentar e acreditar que toda aquela noite tinha sido um pesadelo – um sonho longo, interminável e assustador –, mas as próximas palavras da vampira fizeram-na levantar a cabeça e piscar para acabar com os pontinhos brilhantes da sua visão.

– Vá embora, Bispo. Você não tem nenhum poder sobre esta filha da Noite. Ela agora pertence à Mãe de todos nós, a Deusa Nyx.

O rosto do Bispo estava tão vermelho quanto a pesada cruz que balançava na corrente em seu pescoço.

– Você arruinou tudo! – ele vociferou, espirrando saliva na vampira.

– Suma daqui, ser das Trevas! – a vampira não levantou a voz, mas ela estava repleta do poder de seu comando. – Eu reconheço você. Não pense que pode se esconder daqueles que o enxergam com algo mais do que olhos humanos. Desapareça! – quando ela repetiu a ordem, as chamas das tochas crepitaram e quase se extinguiram completamente.

O rosto vermelho do sacerdote ficou pálido e, depois de dar um último e demorado olhar para Lenobia, ele se retirou do estábulo e desapareceu na noite.

Lenobia ofegou, soltando a respiração que ela estava prendendo.

– Ele foi embora? De verdade?

A vampira sorriu para ela.

— De verdade. Nem ele nem qualquer humano têm autoridade sobre você, agora que Nyx a Marcou como sua.

Lenobia levantou a mão e tocou o centro de sua testa, que estava dolorida e machucada.

— Eu sou uma vampira?

A Rastreadora riu.

— Ainda não, minha filha. Hoje você é uma novata. Esperamos que um dia, em breve, você se torne uma vampira.

O som de passos apressados fez com que as duas se virassem na defensiva, mas em vez do Bispo foi Martin que entrou correndo no estábulo.

— *Chérie!* Eu segui as garotas, mas de longe... para que ninguém me visse... eu não sabia que você tinha ficado para trás... Está doente? Você... — ele perdeu a fala quando, de repente, pareceu entender o que estava vendo. Ele olhou para Lenobia, depois para a vampira e depois para Lenobia de novo, concentrando o olhar no contorno do recém-formado crescente no meio da testa dela. — *Sacrebleu*[25]! Vampira!

Por um instante, Lenobia sentiu como se o seu coração fosse se despedaçar, e ela esperou que Martin a rejeitasse. Mas ele soltou um longo suspiro, obviamente aliviado. Ele começou a sorrir quando se voltou para a vampira e se curvou, fazendo uma reverência e dizendo:

— Eu sou Martin. Se o que acredito é verdade, eu sou o companheiro de Lenobia.

---

25 Modo comum de exprimir surpresa ou raiva em francês. Para evitar blasfêmia se diz *"sacrebleu"*, em vez de *"sacredieu"* (Deus sagrado). (N.T.)

A vampira arqueou as sobrancelhas e os seus lábios grossos se curvaram levemente em um princípio de sorriso. Ela colocou a mão direita em punho sobre o coração e falou:

— Eu sou Medusa, Rastreadora da Morada da Noite de Savannah. E embora eu veja que as suas intenções são nobres, você não pode oficialmente ser o companheiro de Lenobia até que ela seja uma vampira completamente Transformada.

Martin abaixou a cabeça, compreendendo.

— Então eu espero — quando ele virou o rosto para Lenobia, o brilho do sorriso dele foi a chave para que ela entendesse, e a verdade dentro dela se libertou.

— Martin e eu... nós podemos ficar juntos! Nós podemos nos casar? — Lenobia perguntou para Medusa.

A vampira alta sorriu.

— Na Morada da Noite, a mulher tem o direito de escolher: companheiro ou Consorte, branco ou negro, o que importa é a liberdade de escolha — a vampira incluiu Martin em seu sorriso. — E eu vejo que você já fez a sua. Entretanto, como não há Morada da Noite em Nova Orleans, talvez seja melhor que Martin a escolte até Savannah.

— Isso é possível? Mesmo? — Lenobia disse, estendendo as mãos para Martin, enquanto ele ia até o seu lado.

— Sim, é — Medusa garantiu. — E agora que eu vejo que você tem um verdadeiro protetor, vou conceder um tempo para vocês dois. Mas não se demorem. Voltem rápido para o cais e encontrem o navio com o dragão no topo do mastro. Eu espero por vocês lá, e nós vamos navegar com a maré.

A vampira devia ter saído, mas Lenobia apenas via Martin e sentia a sua presença.

Ele pegou as mãos dela.

– O que você tem com os cavalos, *chérie*? Encontrei-a de novo com eles.

Ela não conseguia parar de sorrir.

– Pelo menos você sempre vai saber onde me achar.

– É bom saber disso, *chérie* – ele disse.

Ela deslizou as mãos sobre o peito musculoso dele, até apoiá-las sobre os seus ombros largos.

– Tente não se perder de mim – ela falou, imitando o sotaque dele.

– Nunca – ele prometeu.

Então Martin se inclinou e a beijou, e mundo inteiro de Lenobia passou a se resumir a ele. O gosto dele ficou gravado nos sentidos dela, misturando-se indelevelmente ao seu cheiro e ao seu maravilhoso toque, que era totalmente masculino e só de Martin. Ele fez um pequeno som de satisfação que veio do fundo da garganta quando ela o abraçou com mais força. O beijo dele tornou-se mais intenso, e Lenobia ficou totalmente absorta naquele momento, sem saber onde a felicidade dela acabava e a dele começava.

– *Putain*[26]!

A alegria de Lenobia se despedaçou ao som daquele xingamento. Martin reagiu instantaneamente e se virou, colocando-a atrás do seu corpo.

---

26  Prostituta, em francês. (N.T.)

O Bispo havia voltado. Ele estava parado na entrada do estábulo entre as duas tochas, com os braços abertos. A cruz de rubi em seu peito reluzia com as chamas que ficavam cada vez maiores.

– Vá embora! – Martin disse. – Esta garota não escolheu você. Ela está sob minha proteção... juramentada por um voto... selado com sangue.

– Não, você não entende. Os olhos dela a fazem minha. O cabelo dela a faz minha. Mas o mais importante é que o poder que eu tenho a faz minha!

O Bispo estendeu as mãos na direção das tochas. As chamas cresciam enquanto a fumaça aumentava e engrossava, até que as labaredas lamberam as mãos dele. Então, com uma risada horrorosa, ele fez bolas de fogo com as mãos e as arremessou nos fardos de feno frouxos e secos em volta deles.

Com um barulho alto e crepitante, o fogo pegou, cresceu e consumiu o feno ao redor. Lenobia sentiu um momento terrível de calor e dor, bem como o cheiro do seu próprio cabelo queimando. Ela abriu a boca para gritar, mas o calor e a fumaça encheram os seus pulmões.

Então, a garota sentiu os braços dele a segurando, enquanto Martin a protegia das labaredas com o seu próprio corpo. Ele a levantou e a carregou sem vacilar pelo estábulo em chamas.

O ar úmido e morno da rua pareceu frio contra a pele chamuscada de Lenobia, quando Martin cambaleou e a soltou, fazendo-a cair ao chão. Ela levantou os olhos para ele. O corpo de Martin estava tão queimado que ela só reconheceu os seus olhos verde-oliva e âmbar.

– Ah, não! Martin! Não!

– Tarde demais, *chérie*. É tarde demais para nós neste mundo. Mas eu vou vê-la de novo. Meu amor por você não acaba aqui. Meu amor por você não vai acabar nunca.

Ela tentou se levantar, estendeu os braços para ele, mas o seu corpo estava estranhamente fraco e qualquer movimento provocava dores que subiam pelas suas costas.

– Morra agora e deixe *ma petite de bas* para mim! – o Bispo, que estava atrás de Martin, emoldurado pelo fogo do estábulo, começou a se mover na direção deles.

O olhar de Martin encontrou o dela.

– Eu não vou ficar aqui, apesar de querer muito, mas também não vou perder você. Vou encontrá-la de novo, *chérie*. Isso eu prometo.

– Por favor, Martin. Eu não quero viver sem você – ela soluçou.

– Você precisa viver. Eu vou encontrá-la de novo, *chérie* – ele repetiu. – Mas, antes de ir, há uma coisa que eu posso fazer. *À bientôt, chérie*. Eu vou amá-la para sempre.

Martin se virou para encontrar o Bispo, que zombou dele.

– Ainda vivo? Mas não por muito tempo!

Martin continuou cambaleando em direção ao Bispo, falando devagar e claramente:

*"Ela pertence a mim – e dela eu sou!*
*Que este sangue seja a minha prova*
*De lealdade e verdade!*

*O que você faz a ela é em vão
Que o seu mal volte para você com uma dor dez vezes maior!"*

Quando ele chegou perto do Bispo, os seus movimentos mudaram. Por apenas um instante, ele ficou rápido, forte e inteiro de novo – mas um instante era tudo de que Martin precisava. Ele segurou Charles de Beaumont e, estranhamente espelhando o abraço que tinha salvado a vida de Lenobia, Martin levantou o Bispo, que gritava e se debatia, e o carregou para dentro do inferno em chamas que antes havia sido um estábulo.

– Martin! – o grito de agonia de Lenobia foi abafado pelo som terrível de cavalos em pânico pegando fogo e de pessoas correndo das casas próximas, pedindo água, pedindo ajuda.

Em meio a todo aquele barulho e loucura, Lenobia continuou encolhida no meio da rua, soluçando. Enquanto as chamas se espalhavam e todo o mundo ao seu redor pegava fogo, ela abaixou a cabeça e esperou pelo fim.

– Lenobia! Lenobia Whitehall!

Ela não levantou os olhos ao ouvir o seu nome. Foi só o barulho das patas nervosas de um cavalo nos paralelepípedos que a fizeram reagir. Medusa desceu da égua e se ajoelhou ao seu lado.

– Você consegue cavalgar? Nós temos pouco tempo. A cidade está em chamas.

– Deixe-me aqui. Eu quero pegar fogo junto com a cidade. Eu quero pegar fogo junto com ele.

Os olhos de Medusa se encheram de lágrimas.

– O seu Martin está morto?

– Assim como eu – Lenobia respondeu. – A morte dele me matou também – enquanto falava, Lenobia sentiu a profundidade da perda de Martin crescer dentro dela. Era dor demais. Uma dor que não cabia dentro do seu corpo. Chorando o pranto sentido de uma viúva, ela desabou para a frente. O tecido junto à costura da parte de trás do seu vestido rasgou, e a dor irrompeu na sua pele queimada.

– Minha filha! – Medusa tentava consolar Lenobia, ajoelhada ao seu lado. – As suas costas... eu preciso levá-la para o navio.

– Deixe-me aqui – Lenobia repetiu. – Eu fiz um voto de que nunca mais irei amar homem nenhum, e vou cumpri-lo.

– Mantenha o seu voto, minha filha, mas viva. Viva a vida que ele não pôde viver.

Lenobia começou a dizer que não ia, até que a égua abaixou o focinho macio, bufou contra o seu cabelo chamuscado e o encostou em seu rosto.

E em meio à dor e ao desespero, Lenobia sentiu... sentiu a preocupação da égua, assim como o seu medo do fogo que se espalhava.

– Eu posso sentir o que ela sente – Lenobia levantou uma mão fraca e trêmula para acariciar o cavalo. – Ela está preocupada e com medo.

– É o seu dom... a sua afinidade. Isso raramente se manifesta tão cedo. Escute-me, Lenobia. A nossa Deusa, Nyx, concedeu a você esse grande dom. Não o rejeite, e talvez ele possa trazer conforto e alegria a você.

Cavalos e alegria...

O segundo andar da casa ao lado do estábulo despencou e faíscas caíram em cascata ao redor delas, colocando fogo nas cortinas de seda da casa do outro lado da rua.

O medo da égua disparou – e foi o pânico dela que fez Lenobia se mover.

– Eu posso cavalgar – ela disse, permitindo que Medusa a ajudasse a ficar em pé e depois a subir na sela.

Medusa ficou boquiaberta com as feridas de Lenobia.

– As suas costas! Estão... estão muito machucadas. Isso vai ser doloroso, mas, depois que nós estivermos no navio, eu posso ajudá-la a se curar. Mas você vai carregar para sempre as cicatrizes desta noite.

A vampira montou na égua, posicionou-a na direção do cais e soltou as rédeas. Enquanto elas galopavam para a segurança e o mistério de uma vida nova, Lenobia fechou os olhos e repetiu para si mesma:

*Eu vou amá-lo até o dia em que eu morrer... só você, Martin. Para sempre, só você. Esse é um voto que eu faço.*

**SAIBA MAIS, DÊ SUA OPINIÃO:**

**Conheça** - www.novoseculo.com.br
**Leia** - www.novoseculo.com.br/blog

**Curta** - /NovoSeculoEditora

**Siga** - @NovoSeculo

**Assista** - /EditoraNovoSeculo

novo século®